U0025819
七魔劍支配天下
4
宇野朴人
illustration ミユキルリア
Kadokawa Fantastic Novels

「妳——」
奧利佛・霍恩
Oliver Horn

「謝謝你幫了我。
校長剛才的話
讓我好害怕……！
學長，請陪在我身邊！」
（……Ms.卡斯騰，妳這是在幹什麼？）
泰蕾莎・卡斯騰
Teresa Karste

「你們立刻——
給我跪下來向奧利佛
磕頭道歉！」
皮特・雷斯頓
Pete Reston
凱・格林伍德
Gai Greenwood

「……你們真是
口無遮攔……
我……
我還不是……！」
「給我到外面來——
別以為道歉
就能了事。」
卡蒂・奧托
Katie Aalto

「Mr.霍恩、Ms.響谷
——你們要不要
加入學生會？」
艾爾文．戈弗雷
Alvin Godfrey

奈奈緒・響谷
Nanao Hibiya

CONTENTS

Seven Swords Dominate

Presented by Bokuto Uno

七魔劍支配天下

Seven Swords Dominate

宇野朴人
Bokuto Uno

illustration
ミユキルリア

Kadokawa Fantastic Novels

Character **登場人物**

二年級生

本作主角。優秀但缺乏突出才能的少年。立誓要向殺害母親的七名教師報仇。

奧利佛・霍恩

來自東方島國的武士少女。認定奧利佛是自己命中注定的劍道對手。

奈奈緒・響谷

聯盟的湖水國出身的少女。十分關心亞人種的人權問題。

卡蒂・奧托

從魔法農家出身的少年。個性直率又平易近人，擅長種植魔法植物。

凱・格林伍德

非魔法家庭出身的勤學少年。擁有性別反轉的特殊體質。

皮特・雷斯頓

出身於名門麥法蘭家的長女。文武雙全，很會照顧同伴。

米雪拉・麥法蘭

態度輕浮的少年。使用脫離常理的獨特劍術。決鬥時曾輸給奧利佛。

圖利奧・羅西

理查・安德魯斯

名門安德魯斯家的嫡子。與奧利佛和奈奈緒的相遇，為他的人生帶來新的轉機。

史黛西・康沃利斯

出身麥法蘭分家的少女。實際上是米雪拉的親妹妹。

費伊・威爾諾克

史黛西小時候收留的半狼人少年。史黛西的隨從。

約瑟夫・歐布萊特

出身尚武的歐布萊特家，性格高傲的少年。決鬥時曾輸給奧利佛。

五年級生

人權派的魔女。曾因為卡蒂的事情與奧利佛等人戰鬥過，之後就開始關注他們。

薇菈・密里根

是掃帚競技的校內頂尖選手之一。盯上了最近在比賽中嶄露頭角的奈奈緒。

黛安娜・艾希伯里

六年級生

學生主席。攻擊威力異常強大的魔法師，被其他學生稱作「煉獄」。

艾爾文・戈弗雷

西拉・利弗莫爾

使用死靈魔法，將死者的骸骨當成使魔操縱。與奧菲莉亞並列為校內的危險人物。

格溫・舍伍德

沉默寡言的青年。奧利佛的大哥。他以「臣子」的身分協助他暗中行動。

夏儂・舍伍德

給人柔和印象的女性。奧利佛的大姊。她以「臣子」的身分協助他暗中行動。

教師

魔道工學教師。喜歡出會讓學生受重傷的難題考驗學生。

恩里科・佛傑里

雪拉的父親，邀請奈奈緒來金伯利的人。

西奧多・麥法蘭

金伯利校長。君臨魔法界頂點的孤傲魔女。

艾絲梅拉達

魔法生物學教師。個性狂傲不羈，是學生們恐懼的對象。

凡妮莎・奧迪斯

鍊金術教師。目前行蹤不明，實際上已被奧利佛殺害。

達瑞斯・格倫維爾

一年級生

奧利佛的心腹部下，以密探的身分協助其復仇。個性我行我素且很少表露感情。

泰蕾莎・卡斯騰

—法蘭西絲・吉克里斯特 —路德・嘉蘭德 —達斯汀・海吉斯

序章

「我是校長艾絲梅拉達——各位，你們想知道本校去年死了多少學生嗎？」

一道冰冷的聲音響徹寬廣的講堂，讓並排站立的新生們為之震撼。金伯利的魔女今年也在臺上進行讓人心驚膽寒的演說。

「答案是十六人。雖然去年有許多人的狀況非常驚險，但『這個數字其實算少』。」

臺下接連發出倒吸一口氣的聲音。這個數字對這些剛入學的新手魔法師們來說，實在過於具體，讓他們事先做好的覺悟馬上就開始動搖。

「……喔喔～校長還是一樣從一開始就火力全開。」

「凱，安靜！」

在「正下方」待命的人們，只能聽見魔女毫無溫度的聲音和許多人怕得哆嗦的呼吸聲，但這已經足以讓他們明白新生們目前的狀況。畢竟他們去年也有過一樣的經驗。

「雖然不曉得今年的人數會增加還是減少，但有件事我必須先說清楚——我一點都不希望接下來的一年能夠平安無事，不如說正好相反。無論流多少血都無所謂。無論增加多少屍體，只要能夠獲得更勝那些犧牲的成果就好。」

這段話讓新生們總算明白這間學校是個什麼樣的地方。輕浮的心情瞬間煙消雲散，取而代之的是體內湧上一股想立刻逃離這裡的衝動。這就是新生們最初體驗的辛酸——同時也是以學生的身分

在這個魔窟生存的第一步。

「就這層意義而言，去年有幾位死者的犧牲並非白費。因為那些人確實留下了成果。沒錯——『她們』都是非常優秀的學生。」

「…………」

奧利佛一想起魔女暗示的人物，內心就感到一陣苦澀。關於那兩人的結局，他實在無法用「有留下成果」這句話簡單帶過。

「反過來看，你們又是如何？能像他們那樣在死前留下成果嗎？還是只能平庸地白白死去？又或者——你們會毫無建樹地苟且偷生，讓我徹底失望呢？

無論你們的選擇為何，這裡都是一間必須對自己負責，重視自由與成果的學校。磨練自己的人將面臨考驗，疏於學業的人將被學校制裁。所以——認為自己是後者的人，最好現在就離開這裡。」

魔女毫不留情地做出結論，但這句話或許是她唯一釋出的善意。現在立刻轉身離開這裡——如果還想活命，這絕對是最好的選擇，根本沒有任何懷疑的餘地。

然而，今年果然也沒有人轉身離開。新生們強忍著顫抖站在原地，這個景象正是他們的意志戰勝恐懼的證明——又或者，這證明他們此時此刻已經深陷魔道的因果之中。

「沒人想走嗎——那姑且先歡迎你們吧。」

金伯利的魔女在說話的同時拔出白杖，簡短詠唱咒語。接著她俯視的空間——新生們站的講堂地板瞬間消失得無影無蹤。

「「「「「「「「「「唔哇————！」」」」」」」」」」

新生們以頭下腳上的狀態墜落，掉進突然張口的地獄當中，但他們的身體馬上就被椅子輕輕接住。等回過神時，他們已經被擺滿各種料理的桌子，以及臉上掛著歡迎笑容的學長姊們包圍。

「歡迎來到金伯利。你們先暫時把校長剛才那些話都忘掉吧。」

奧利佛在說話的同時走向附近的桌子，替新生們倒飲料，卡蒂也跟著從旁邊的桌子開口：

「沒錯，別輸給那種恐嚇！有我們這些學長姊在，你們不用擔心！」

「雖然也有危險的學長姊。唉，總之先吃飯吧。」

凱親切地向新生搭話，將裝滿料理的盤子遞給他們。縱捲髮少女在另外一張桌子溫和地開口：

「我不否認這裡是個可怕的地方，不過……無論是在學長姊還是同學當中，你們一定都能找到同伴。」

「……就是這樣沒錯。」

皮特輕輕點頭，替學弟妹們倒飲料。此時，一群騎著掃帚的學生們飛過他的頭頂，劃出金色的軌跡。新生們驚訝地仰望上空。

「去結交朋友吧！只要交到好朋友，這裡就會變成每天充滿驚奇和快樂的地方！」

在那群騎掃帚的人當中，一個東方少女以響徹整個講堂的聲音如此宣告。整個空間瞬間充滿歡迎的氣氛，新生們原本因恐懼而凍結的表情，也從此刻開始逐漸恢復血色。

「接下來可以自由交談。你們就盡情地吃喝吵鬧吧。」

校長將後續的事情都交給學生，講堂內瞬間變得一片吵雜。新生們從像是被人用刀抵著脖子的緊張感解放出來，開始講個不停。

「唔哇啊啊啊——！好可怕啊啊啊——！」

「別哭！一點都不可怕！那那那那種恐嚇！對我一點用也沒有！」

在怕到哭出來的男學生旁邊，另一個似乎是他同伴的少年拚命逞強。儘管少年交叉雙臂坐在椅子上努力不讓自己被氣氛壓倒，但眼角還是泛出淚水。捲髮少女見狀，立刻拿著飲料過去。

「好了好了，你一定很怕吧。已經沒事了。要不要喝一點白葡萄汁？」

「就說我不怕了！」

「嗚、嗚……啊，這個真好喝……」

卡蒂溫柔的舉止和爛醉妖精製作的飲料止住了兩人的淚水。同一時間，其他桌子也上演了類似的場景。

「喂，你是魔法農家出身吧？我看你的肌肉就知道了。我也跟你一樣。」

「啊，你好……學長以前是在哪裡務農？」

「內陸的東側。既然是同業，那應該聽過格林伍德吧？」

「……該不會是三年前曾在美番茄競賽中得獎的那個……？」

「喔，你居然知道！那是我媽的興趣。雖然我也有幫忙，但種起來真的很辛苦呢。明明只要好吃，外觀根本就不重要。」

即使對方看起來很怕生，凱還是迅速找出共通點拉近彼此的距離。奧利佛在佩服的同時，將視線移到其他地方。

「這、這裡真的沒問題嗎……我是來自普通人的家庭……」

「冷靜點，我也一樣……這裡確實是個危險的地方，但也不是沒有可靠的人。有什麼不安就說出來，我會和同伴一起陪你商量。」

「我現在心裡只有不安……」

就連不擅長與人溝通的皮特，也全力在照顧學弟妹，這讓奧利佛露出笑容。他應該比誰都能理解普通人家出身的新生懷抱的不安吧。

「廁所在那裡。我們會幫忙帶路，一起過去吧。」

「其他想上的人也一起來吧！放心，這沒什麼好難為情的！」

奧利佛再次移動視線，然後發現奈奈緒和雪拉正在照顧更多新生，帶著一群人離開講堂。雪拉表現得一如往常，但奈奈緒扮演「學姊」的樣子讓奧利佛覺得非常新鮮。她現在已經不是一年前那個剛從海的對面來到這裡，對什麼都一無所知的少女了。

「真吵，所以我才討厭雜碎聚在一起。」

就在奧利佛沉浸於感慨當中時，背後傳來一道熟悉的聲音。他反射性地回頭，發現一個傲慢的高大少年帶著幾個新生走了過來。

「Mr.歐布萊特……這些人是？」

「是地板消失時和同伴走散的雜碎。我想把他們聚集在一起應該會比較顯眼。」

「……你真會照顧人。」

「沒辦法，誰教這些雜碎這麼脆弱。」

歐布萊特說這些話時一臉厭煩，但又像是覺得理所當然般，帶著新生們一起離開。奧利佛驚訝地看著他的背影。看來也有人在當了學長後，才會展現出令人意外的一面。

正當奧利佛心裡湧出一股莫名的感動時，接著他從眼角卻瞥見一個從他旁邊經過的新生肩膀撞到湯鍋。

「唔？危險！」

少年立刻展開行動，介入搖晃的鍋子與新生之間，他用披風替對方擋住濺出的湯汁，同時右手拔出白杖，不用詠唱咒語就讓鍋子恢復穩定。

「——謝謝你。」

從奧利佛懷裡傳來細微的聲音，他一低頭看向聲音主人的瞬間，就努力克制自己不露出驚訝的表情。

「妳——」

「謝謝你幫了我。校長剛才的話讓我好害怕……！學長，請陪在我身邊！」

女學生以顫抖的聲音說完後，就緊緊抱住奧利佛。她的外表看起來遠比其他同齡的人嬌小。雖然奧利佛是第一次看見對方穿制服，但他不可能認錯人。

（……Ｍｓ.卡斯騰，妳這是在幹什麼？）

奧利佛困惑地用加密過的魔力波問道。懷裡的少女——奧利佛的「臣子」，隱形高手泰蕾莎．卡斯騰也立刻以相同的方法回應。

（難道就沒有更自然一點的方法嗎？）

（我想早點和您在校內建立關係。吾主，今後我也會像隻小狗般黏著您，還請見諒。）

（包含您的同伴在內，沒有人覺得不自然喔。）

泰蕾莎看向旁邊說道。奧利佛跟著望過去，發現卡蒂和凱不知何時已經坐到同一張桌子。

「喔？奧利佛，你這麼快就和學妹變親近啦。要不要一起過來這裡？」

「大家一起聊天吧！有很多事情要教他們！」

兩人一同向奧利佛招手。泰蕾莎見狀，就靈巧地僅用魔力波冷笑。

（真是一群無憂無慮……或者該說濫好人的同伴呢。）

（我不喜歡這種諷刺。以後別再說這種話。）

（失禮了——不過，他們只是您「表面上的朋友」吧？）

在奧利佛回應兩人的呼喚走向那張桌子的途中，泰蕾莎的這句話刺進了他的內心。少年沉默了幾秒才勉強擠出回答。

（……我沒辦法那樣看待他們。）

少年無法掩飾自己的想法，只能面對泰蕾莎無言的壓力。兩人就這樣帶著微妙的緊張感與其他人會合，但卡蒂完全不覺得有異，直接對學弟妹們說道：

「歡迎你們！不好意思這麼晚才自我介紹，我是二年級的卡蒂．奧托。你們叫什麼名字？」

卡蒂的問題讓氣氛微妙地變得有點緊張，新生們開始猶豫該由誰先自我介紹，但其中一個少年率先打破僵局開口。

「……我叫丁恩．崔佛斯！請學長姊們多多指教。」

「呃……那個，我叫彼得．寇尼許。和丁恩從小就認識了。」

「我是莉塔．阿普爾頓……那個，請問妳是……？」

另外兩人也跟在丁恩後面開口。彼得是個給人溫和印象的少年，莉塔則是個表現靦腆的高個子少女。莉塔似乎很在意坐在對面的泰蕾莎，戰戰兢兢地看向她。對方立刻回應：

「我叫泰蕾莎．卡斯騰。大家好，從第一天就承蒙關照了。」

「妳個子還真小。平常有好好吃飯嗎？」

「喂，凱！怎麼可以突然這樣說人家！」

凱一說出失禮的話，馬上就被卡蒂敲頭。奧利佛看向旁邊，泰蕾莎臉上依然掛著和剛才一樣爽朗的笑容——說得更精確一點，是掛著笑容的面具。

「沒關係，我不在意。學長個子真高。那位同學……看起來也像是二年級生。」

「唔……！是、是啊。明明就沒必要長這麼高……」

遭到波及的莉塔似乎很在意自己的身高，露出沉痛的表情。凱一聽便困惑地問道：

「長得高有什麼不好。蔬菜也是愈大愈好吧？」

「如果長得太大，在擺出來賣前就會被挑掉……」

「才沒有這種事！巨魔也是身材愈高大，生存率就愈高！」

「等等，卡蒂！有些話就算是出於好意也可能傷到人！」

看不下去的奧利佛也跟著插嘴。此時，在同一張桌子的對面，另外兩個被卡蒂帶來這裡的男學生──丁恩和彼得正在猶豫該不該加入對話。

「其他兩個人都是女孩子……怎麼辦，該說什麼才好？」

「有什麼好怕的！正常講話就行了吧！」

丁恩無視慌張的同伴，大剌剌地繼續用餐，但過沒多久，卡蒂就看著他的臉大喊：

「等等，你嘴巴旁邊沾到派了。別動，我幫你擦掉。」

「唔嗯嗯嗯……！」

即使滿臉通紅，丁恩還是乖乖讓卡蒂用手帕替他擦嘴。這個景象讓奧利佛露出苦笑……儘管為了不被小看而虛張聲勢，丁恩依然無法拒絕別人的好意。就這層意義來看，他還比去年的皮特坦率一點。

「…………」

其他桌的新生也大致恢復精神，入學派對熱鬧地持續下去，但諷刺的是，這明亮的氣氛反而讓奧利佛想起完全相反的場景。

＊

「——卡洛斯學長……」「嗚、嗚哇……」「……嗚嗚嗚嗚嗚……！」

或許是為了避免妨礙死者的安眠，寬廣的會場裡只點了寥寥幾盞燈。學生們整齊地站在陰暗的空間內，與死者關係親近的人，都強忍著悲痛呼喚死者的名字。

大家平常都會隨意改變制服的造型，唯獨今天幾乎所有人都衣冠端正，大概是想用制服代替喪服吧。對踏上魔道的人來說，「死亡」總是近在咫尺，所以即使沒人教導，他們還是自己學會用這樣的方式面對。

「……惠特羅學長真的受到許多人的喜愛呢……」

「……是啊。」

雪拉如此低喃，奧利佛也靜靜點頭。六人站在隊伍後方，看著他們第一次以金伯利學生的身分參加的葬禮。和普通人的葬禮不同，魔法師的葬禮沒有人引用聖句或吟誦經文。這是因為他們的生存方式實在太過偏向黑暗，所以無論是死後的安息或靈魂的救濟，對他們來說都太過奢侈。

葬禮告一段落後，學生們依序離開會場，最後剩下的都是些和死者有關，內心還有許多話想說的人。奧利佛他們也自發地加入了那些人的行列。

「……你們也來啦。」

過不久，有人向他們搭話。六人端正姿勢，轉向聲音的主人。那是一個外表比上次見面時瘦了一圈，與死者的緣分比在場的其他人都要深厚的青年。

「——戈弗雷學長。」

「不用多禮……共同葬禮是每年的慣例。雖然理論上只要整年都沒死人就不會舉辦——但我入學後的這五年，從來沒遇過那種狀況。我沒有特別調查過，但過去應該也沒有先例吧。」

戈弗雷在說話的同時看向位於會場前方的祭壇……那裡擺了十六具棺木，但只有不到一半的棺木裡有遺體。如果死者沒有留下屍體，或是屍體無法回收，就會放入其他遺物代替。之前在他們面前消逝的那兩人也是如此。

「死者當中有自己認識的人也不是第一次了……但這次感覺特別難受。」

「……請節哀順變。」

奧利佛代表同伴如此回答，但同時也覺得只能做出這種制式回答的自己十分沒用。戈弗雷露出一個無力的微笑。

「謝謝……但還是有令人安慰的部分。卡洛斯總算趕上見她最後一面，你們也平安無事。」

戈弗雷拍了一下奧利佛的肩膀，轉身走向其他弔客。就在六人目送他離開時，背後又傳來別的聲音。

「唉，這裡的氣氛還是一樣鬱悶，都快讓人喘不過氣了。」

「──密里根學姊。」

六人一回頭，就發現熟悉的蛇眼魔女站在那裡……她在與奧菲莉亞戰鬥時受了重傷，但接受治療後就順利恢復了。另外，之前跟皮特一起被囚禁的歐布萊特與費伊等學生也都平安獲救──就結果而言，被合成獸抓走的低年級生都保全了性命，這點算是不幸中的大幸。

密里根掃了六個學弟妹一眼，佩服地說道：

「你們真是認真，居然全員到齊，就連皮特都來了……我本來是想找個藉口蹺掉，但最後還是覺得該來道歉一下。」

「道歉……向誰道歉？」

「奧菲莉亞。畢竟我對她說了很過分的話。」

密里根看向祭壇。大部分的棺材周圍都擺了許多鮮花，唯獨奧菲莉亞的棺材前面放著小小的南瓜派。是戈弗雷要大家別用花奠祭她。看著相同景象的奧利佛，內心感到一陣刺痛……他想起奧菲莉亞曾說過那是她喜歡的食物。

「『無法變得像妳那麼下賤』嗎……真虧我講得出這種話。明明我才是那個表現得最為下賤，一心只想讓自己活下去的人。」

魔女自嘲地說道。在那場戰鬥中，她曾經為了讓奧菲莉亞露出破綻而出言挑釁。她的策略十分有效，但這也表示那句話就是如此殘酷。

雪拉緩緩搖頭，她心裡也懷抱著相同的愧疚。

「……即使如此，我們還是被妳的那句話救了。」

密里根微笑地摸了一下雪拉的頭，就直接轉身離開了。在那之後，捲髮少女輕輕開口：

「……這裡每年都會上演相同的景象嗎……」

卡蒂看著擺滿棺木的祭壇，以及在死者面前泣不成聲的學生們，用力握緊拳頭。打從葬禮開始就一直在心裡累積的情感，在此刻滿溢而出。

「…………為什麼？」

「……卡蒂……」

奧利佛察覺她的想法，安撫似的將手放在她的肩膀上，但還是無法阻止。在這個會場裡，只有她一個人無法嚥下這股心情。

「為什麼……為什麼這些人非死不可？因為是魔法師嗎？這是誰決定的？不能一直保持笑容，不能獲得幸福——有人這樣命令我們嗎？」

她對魔道的宿命，以及決定魔法師生活方式的生死觀提出異議。奧利佛無法阻止她。這種態度正是卡蒂的強大之處——同時也是讓她靈魂淌血的荊棘。

「我不承認……我絕對不承認這種事。」

＊

「……奧利佛？你怎麼了，奧利佛？」

直到聽見和記憶裡一樣的話，奧利佛才猛然回過神。他一抬起視線，就發現坐在同一張桌子的成員都疑惑地看向這裡。畢竟他在大家談笑時突然陷入沉默，所以也難怪他們會有這種反應。少年連忙開口：

「啊，抱歉，我發呆了一下……這可不行，明明我們從今年開始就是學長姊了。」

奧利佛用雙手拍了一下臉頰，重新對四位學弟妹說道：

「我們曾受到學長姊的關照，所以也打算幫助學弟妹。如果遇到什麼問題，就來找我們商量吧。我們一定會盡全力協助你們。」

第一章

Curse 咒術

對金伯利的學生來說，每升上一個年級，就表示要踏入更深的黑暗。在他們接下來能上的新科目當中，有一個就是其中的代表。

「……雖然我知道這堂課是新科目，但感覺大家今天特別緊張？」

教室內明明座無虛席，卻莫名地安靜，讓凱覺得很奇怪。一旁的雪拉搖頭回答：

「不，本來就該像這樣緊張一點。我們接下來要學的是咒術——即使是在眾多魔法領域中，這也算特別危險的一種技術。」

「咒術啊……爸爸和媽媽都沒教過我，所以我也不太清楚。果然很危險嗎？還有，這個水是幹嘛的？」

卡蒂困惑地看向前方，所有人的面前都擺了一瓶水。跟平常一樣一起行動的六人，正圍著一張左右兩側設有洗手台的大實驗桌。從外形來看，那和鍊金術課用的桌子很像。

「只要弄錯用法就可能會有生命危險，這點不管在哪個領域都一樣……但從本質上來看，咒術原本就帶有『危害特定事物』的濃厚色彩。如果將其他魔法技術比喻為『藥』，那咒術更接近『病』。並非因為誤用才變得有害——而是其存在本身就會侵蝕我們的身心。」

奧利佛以嚴厲的語氣說道。皮特一聽就皺起眉頭。

「……這樣聽起來，感覺很難活用在好的方面上，為什麼我們要學這種技術？」

「其中一個原因，是因為真的派得上用場。例如必須驅除大量有害生物時，咒術具備的『類感性』能發揮強大的效果。雖然不能說得太詳細，但視作法而定，甚至有可能直接咒殺整個群體……或是整個物種。」

「整個物種？那也太亂來了吧……？」

「喔，感覺很適合用來驅除害蟲。」

卡蒂露出不悅的表情，凱則是佩服地雙手抱胸。兩人的反應完全相反，讓奧利佛不禁露出苦笑，但就在這時候，他的背後突然竄過一陣寒意。

「看來只能聊到這裡了——好像來了。」

奧利佛說完後望向教室入口，其他人也跟著看了過去。接著，一股濃稠的黑暗從開啟的門流進教室。

「什麼——」「咿……？」

一股壓倒性的寒意，讓所有學生的全身都起了雞皮疙瘩。除了恐懼以外，他們同時感覺到一股生理上的厭惡感——就像人類看見一堆蟲子時會產生的感情。

流進教室內的那股黑暗團塊沿著地面滑動到講台，從內側露出宛如死人般蒼白的雙手和臉龐。直到看見那張稚嫩的臉孔，學生們才意識到「那個」並非來路不明的黑暗團塊，而是一個穿著破舊的黑色衣裳的女性。

「……各位二年級生，歡迎你們。不好意思嚇到你們了。」

女子發出宛如喉嚨受傷的羊般不穩定的聲音，露出笑容。學生們嚇得一齊後退，底下的椅子也跟著用力搖晃。他們以前都不知道，原來還有這種只會帶來反效果的笑容。

「先跟大家打個招呼。我是負責教咒術的瓦蒂亞．穆維茲卡米利。雖然外表看起來和你們的年齡差不多，但其實我和小凡妮同年。我的身體是因為詛咒才沒有繼續成長——啊，我說的小凡妮是指凡妮莎。」

學生們都覺得這個玩笑實在開得太大了，怎麼可能有人用這麼親暱的方式稱呼那位暴君。不對，這個人或許就是全世界唯一會這麼做的人。

「通常第一堂課都是先從概論開始上，但在那之前有個非常重要的注意事項——那就是絕對不能碰我。除非經過我的允許，否則也不能碰我摸過的東西，並盡可能避開我走過的路。還有，最好別跟我在同一個空間待超過兩個小時。如果不遵守這些規則，可能會被傳染。」

瓦蒂亞以輕快的語氣說出沉重的警告，她將蒼白的手抵在自己胸前，繼續進行帶有自虐色彩的說明。

「用看的應該就知道，我身上背負著不得了的詛咒，而且數量多到讓人數不清的程度。大概是全世界最多的人吧？舉例來說——」

女子指向教室後方，學生們反射性地跟著看過去，發現一盆植物在他們的眼前迅速枯萎。瓦蒂亞微笑地看著表情僵硬的學生們，繼續說道：

「——如各位所見，無法抵抗詛咒的植物光是跟我同處一室就會枯萎。動物的狀況也差不多。

雖然你們這些魔法師多少能夠抵抗，但普通人應該早就陷入瀕死狀態了。如果忘記剛才的警告，你們也會變成那樣，所以要小心點喔？」

女子說到這裡時，已經有些學生開始摀住嘴巴。瓦蒂亞像是早已習慣般，對那些忍不住從椅子上起身的學生們說道：

「對了，想吐的同學可以去旁邊的洗手台吐。這是人體的自然防衛機制，所以最好不要忍耐。『跟我呼吸相同的空氣會想吐是很正常的事』，不需要太在意。」

沒等瓦蒂亞允許，學生們就已經接連到洗手台吐出胃裡的東西。過不久，皮特也加入那些人的行列，奧利佛立刻起身輕輕幫他拍背。然而在他們六人當中，其實不只眼鏡少年覺得不舒服。

「…………」

「凱……！」

第一個察覺異狀的雪拉，開口呼喚同伴的名字。高個子少年面如土色地默默坐在椅子上，完全不見平常的活力。瓦蒂亞從講臺上發現後，望向少年說道：

「嗯？那位同學，我剛才有說過想吐的話不用忍耐吧。」

「……不用了。我不想第一次看見別人的臉就吐……」

「——喔？」

瓦蒂亞露出更加明顯的笑容，走下講臺。那動作像是帶有黏性的液體在地板上流動，又像是一群蟲子在地上蠢動。

「好開心，好開心啊。很久沒遇見會說這種話的孩子了。你叫什麼名字？」

「……凱．格林伍德……」

「凱同學啊。呵呵呵，真可愛。你長得好高，身材也很結實，非常帥氣呢。」

隨著兩人之間的距離縮短，想吐的感覺也變得更加強烈，但凱還是咬緊牙關忍耐。最後瓦蒂亞來到凱的面前，將蒼白的臉湊向仍在持續忍耐的少年。

「但不可以勉強喔——乖，吐出來。」

「唔……！」

凱在瓦蒂亞對著自己耳邊說話的瞬間面臨極限。他的身體往前傾，胃裡的東西也跟著逆流而出，但他的朋友們立刻做出反應。奧利佛用咒語接住嘔吐物送到洗手台，雪拉則是用治癒咒語舒緩凱的痛苦。瓦蒂亞見狀，露出滿意的笑容。

「做得很好——不用擔心，剛才吐過的同學也一樣，只要再吐個兩三次就會習慣了。吐完後可以用桌上的芳香水漱口，這樣嘴裡會比較清爽。」

原來一開始放在桌上的水是這個用途，奧利佛以苦澀的心情接受這項事實。凱仍將手撐在地上大口喘氣，卡蒂臉色大變地走向他。

「凱，你還好吧？要去醫務室嗎？」

「……不用，我沒事……已經平息下來了……」

凱搖搖晃晃地起身，踩著蹣跚的腳步回到座位。瓦蒂亞再次朝凱露出陰鬱的笑容，轉身回到講

臺上。

「看來大家都恢復得差不多了。那麼開始講解概論吧。

就先從詛咒是什麼開始講起吧——簡單來講，詛咒就像是一種以非物質的連繫為媒介進行傳染的疾病。例如曾和某人說過話，和某人是同一個地區出身，或是喜歡某人喜歡到晚上睡不著——這些關係性全都可能成為傳染詛咒的途徑。」

瓦蒂亞若無其事地重新上課。這讓奧利佛等人體認到，許多學生嘔吐這種程度的事，對這堂課來說根本就不算什麼。

「視關係的性質與強度而定，能夠施展的詛咒種類也會改變。其中一個傾向，就是愈穩固、親密又封閉的關係，愈容易培養詛咒。通風不好的地方特別容易發霉吧？大概就是這種感覺。首先要選擇環境，然後按部就班地將詛咒培養得更大更強，最後再釋放到對象身上——這是詛咒大型生物時的基本步驟，大家要記好喔。」

「……唔……」

桌上響起沙沙的寫字聲。皮特吐完後就將芳香水瓶放在旁邊，專心抄寫筆記。其他五人見狀，也跟著將注意力集中在課堂上。

「詛咒是個容易寂寞的孩子。因為誕生自與他人的關係，所以總是尋求詛咒的對象，無論何時都想前往某人的身邊。」

普通人之間似乎流傳著『只要將感冒傳染給別人就能痊癒』的迷信，但就詛咒來說，這有一部分是正確的。只要選擇適當的對象並進行適當的程序，就能將『詛咒轉移給別人』。當然這不能根本地解決問題，在解咒時只能用來爭取時間。」

瓦蒂亞以同時帶著諷刺與親暱的語氣持續說道，像是將詛咒的性質當成了自己的事情。

「但有時候也只能這麼做……當詛咒被培養到沒人能夠解除時，就只能找個適當的容器封在裡面。『就像這樣』。」

說到這裡，瓦蒂亞緩緩解開黑色裝束的前襟。當學生們在目睹衣服裡的狀況後都倒抽了一口氣——蒼白的胸前，浮現出幾個扭曲的人臉。那些人面瘡的眼球不斷轉動，用混濁的視線回望學生。

「在我背負的詛咒當中，有些效力強到只要解放就可能導致人類滅絕。無法控制的詛咒被稱作大禍。過去甚至曾經發生過為了防止詛咒的損害擴大，而燒燬整個國家的案例。

詛咒就是這樣的存在。如果沒處理好，死的可不只是施術者一個人。會先從最親近的人開始波及——在最壞的情況下，還可能會造成難以想像的損害。」

學生們都不可避免地理解了這點。因為眼前的教師，正是由那些「最壞的結果」凝聚而成的存在。這個名叫瓦蒂亞．穆維茲卡米利的咒者，就是那些培育過度的詛咒的終點，是在最後將那些詛咒一飲而盡的存在。

「大家在上我的課之前，必須先明白這些事……要好好珍惜自己的朋友喔。」

「……這是我上過最可怕的課。」

上午的課程結束，進入午休時間。六人一如往常來到「友誼廳」後，卡蒂率先如此說道。

「雖然至今遇過許多糟糕的老師……但那個人和他們都不一樣。她應該是個能溝通的人，或許還能夠體諒我們的心情。

不過就是這樣才可怕。感覺只要接近那個老師，詛咒也會跟著接近。我知道愈是親近、理解或喜歡一個人，這份心情就愈容易招來詛咒……但總覺得她似乎也期望著這種事發生。」

少女的話聽起來十分沉重。五人沒有插嘴，默默聽著她說話。

「我知道有些人背負著詛咒，但一直茫然地覺得可以用對待有毒生物的方式與他們相處，只要對方沒有惡意就不需要擔心。在持續以誠相待後，一定能夠建立良好的關係。

不過……現實並非如此。無論有沒有惡意，只要一產生連繫就會被詛咒。毒可以小心避開，但詛咒就不同了。自己釋出的誠意和好意，最後全都只會造成反效果……」

世界上居然有如此諷刺的事情，這讓少女感到十分難受。奧利佛也在同一時間理解，咒術這個領域和卡蒂．奧托可以說是完全不合。

「雖然遺憾，但妳說的沒錯……避開詛咒最簡單又最確實的方法，就是不要和背負詛咒者扯上關係。不要對他們產生興趣，不要注意他們，對他們保持漠不關心。儘管這麼說有點極端……但這樣就絕對不會被詛咒。」

奧利佛在將砂糖加進紅茶時如此說道。坐在他對面的縱捲髮少女也跟著點頭。

「沒錯，那終究是最極端的狀況。無論是用看的或聽的，只要一意識到眼前的對象，就不可能保持『漠不關心』……不只是人類，所有生物都一定會依賴與其他事物的關係。證據就是野獸、昆蟲和植物，也能當成詛咒的媒介。」

雪拉表示只要活在這個世界上並和其他事物產生連繫，就不可能完全避開詛咒。

「某個魔法師曾經這樣形容詛咒的普遍性——或許所謂的詛咒，『是在平等地嘲笑世上所有生命』。」

沉默降臨，所有人都感受到一股莫名的寒意。問題已經不在於瓦蒂亞．穆維茲卡米利這個人，他們彷彿窺見隱藏在世界背後的巨大惡意。

「……我一點都不覺得可怕。」

凱在這片寂靜中輕聲說道。其他五人驚訝地看向他。

「雖然我這個跟著吐的人或許沒資格說這種話……但我覺得她看起來很寂寞。」

少年嘆息著說道。隱約感覺到危險的奧利佛開口說道：

「……凱，我並不是想否定你的感性，但你這樣非常危險。許多魔法師都極具個人魅力，但是咒者當中特別多這種人。這是因為這樣有利於和他人建立關係，詛咒對自己抱有好感的對象也比較容易。」

「我明白這個道理，但難道要我去討厭原本不討厭的對象嗎……我辦不到這種事。人心才沒有這麼簡單。」

「……唔。」

既然凱都說到這個地步，奧利佛也無話可說……沒錯，如果人能夠合理地配合狀況產生感情，不曉得人生能夠輕鬆多少。與目的相反的感情，以及伴隨決斷產生的糾葛，奧利佛正是最為這些所苦的人，而且恐怕未來也將持續如此。

「……比起我們，凱更重視那個老師嗎……？」

捲髮少女不安地說道。卡蒂當然知道不該強迫對方二選一，也明白這是個任性的問題，但她還是開口了。這是她對朋友撒嬌的方式。卡蒂比誰都要坦率地表現出希望凱未來也能陪在自己身邊的心情。

凱忍不住苦笑地輕輕拍了一下卡蒂的頭。這也是他表現親密的方式。

「傻瓜，我又不是這個意思……不用擔心，我只是不想因為有詛咒就討厭別人，並不是迷上了她。皮特，你也不用擔心！」

「為、為什麼要把話題丟給我？我從一開始就沒在擔心！」

凱回答完卡蒂後，立刻轉身去搭皮特的肩膀。雖然眼鏡少年試著抵抗，但凱還是緊緊抱著他，用開朗的聲音繼續說道：

「真要說起來，我比較喜歡臉色更加健康紅潤的類型。跟蔬菜一樣，即使沒有長得很漂亮也無所謂，重點是大又好吃。我想娶的是這種老婆。」

「喔～像是之前遇到的那個一年級女孩嗎？」

「莉塔嗎？笨蛋，她是學妹吧。」

「哎呀，你討厭年紀小的嗎？」

「不討厭喔，只是我家從以前就是由比爸爸年長的媽媽在管事，所以覺得農家女就是那個樣子，對年紀小又個性溫順的女孩沒什麼感覺。唉，如果當成妹妹倒是會覺得很可愛，就像這樣，好乖好乖。」

「別摸我的頭！我才不是你妹妹，順帶一提，我今天是男的！」

皮特撥開凱的手，阻止他玩弄自己的頭髮。整張桌子頓時充滿歡笑的氣氛，就在奧利佛開始放心時，從其他地方傳來了聲音。

「你們在聊戀愛的話題嗎？我也要加入。」

一個女學生以明顯過於親暱的語氣過來攀談，並迅速移動到皮特身邊。儘管知道對方是同年級的學生，但六人和她都沒說過什麼話。眼鏡少年困惑地縮起身子。

「妳、妳幹嘛突然插進我們的對話……」

「Mr.雷斯頓～不需要這麼冷淡吧。我一直都很想和你聊天，也想讓你記住我的名字，我可以坐你旁邊嗎？」

女學生在說話的同時拔出白杖，用咒語從旁邊的桌子拉來一張椅子。奧利佛正想開口，他的背後就傳來新的聲音。

「如果是那種話題，那我也想加入。Ms.響谷，妳喜歡什麼樣的男生？健壯和苗條，妳比較喜歡哪一種？」

另一個同樣和六人沒什麼交情的男學生，也隔著奧利佛向奈奈緒搭話。東方少女聞言困惑地停止用餐。

「對男性的喜好嗎……？在下從來沒想過這種事，請給在下一點時間思考。」

「奈奈緒，妳不用想得太認真……我說你們幾個，如果想加入對話，就該按部就班地來。你們剛才那樣的行為，已經可以算得上失禮了。」

奧利佛提出勸誡。男學生聽了後，將手放在他面前的桌上。

「真是死板。Mr.霍恩，你不需要這麼露骨地戒備。我知道你不希望自己的真命天女被搶走，但Ms.響谷可不是你一個人的東西。大家的機會都是平等的吧？」

「我沒有在戒備，只是你們剛才太沒禮貌了。」

「但你的話裡包含了私心。Mr.霍恩，別一個人在那裡扮演乖孩子好嗎？」

女學生也跟著出言諷刺，讓奧利佛不悅地皺起眉頭。察覺氣氛不對的雪拉開口說道：

「你們幾個，該適可而止——」

「你們未免太得意忘形了。」

這是第三次有人插話，但奧利佛最近才聽過這個聲音。一個臉上帶著輕浮笑容的高個子少年站在桌邊，奧利佛驚訝地凝視對方的臉。

「Mr.羅西……？」

「嗨，奧利佛。我本來不打算介入，但他們拙劣的手法實在讓人看不下去哩。」

羅西嘆息著說完後，將視線移向另外兩個鬧事者。

「我說你們兩個，如果想對其他團體的人出手，就該遵守一定的規矩。沒打招呼就直接亂來，不管是誰都會生氣吧。」

兩個鬧事者一聽就露出不悅的表情，羅西當著兩人的面笑道：

「而且你們剛才說的話可真有趣。說什麼機會人人平等？哈哈哈哈——真是讓人笑掉大牙。怎麼可能平等。你們有認真跟這六個人來往過嗎？」

「……唔……」「…………」

「你們沒參加之前的最強決定戰吧。我姑且問一下你們當時在做什麼好了？是突然肚子痛所以含淚放棄參加嗎？那還真是令人同情哩。」

這段辛辣的諷刺，讓兩個鬧事者都僵住了臉。羅西瞬間換上嚴肅的表情，繼續說道：

「既然只是小角色，就別不自量力地跑來湊熱鬧。無論是奧利佛或小奈奈緒，還是那兩人的同伴，你們都沒資格對等地和他們說話。」

「……你還真敢說。」「你自己還不是打輸了。」

「沒錯，我是個輸家。畢竟我有跟他們戰鬥過。」

面對對手的反擊，羅西像是一點都不覺得羞恥般，自豪地如此回答。

「你們現在連輸家都比不上。如果還有什麼不滿，至少得先證明自己比輸家強吧？」

羅西指向腰間的杖劍，然後繼續對因自己的挑釁而動搖的兩人補上最後一擊。

「我順便再給你們一個基於純粹善意的忠告——別只顧著看前面，好好看看周圍。知道有多少人正在盯著你們嗎？」

兩個鬧事者聽了急忙環視大廳。在無數好奇的視線當中，摻雜了四道刺人的視線。

理查．安德魯斯優雅地攪拌紅茶；史黛西．康沃利斯和費伊．威爾諾克從盤子裡拿起水果塔；約瑟夫．歐布萊特像個肉食動物般豪邁地吃著派。這些瞪向這裡的視線都透露出相同的意思——「想對他們出手得先過我們這關」。

「……咿……！」「——再、再見！」

兩人立刻驚慌地逃出大廳。奧利佛看著他們的背影嘆了口氣。

「終於走啦……我正覺得他們纏人呢。謝謝你，Mr.羅西——還有另外四個人。」

奧利佛以視線表示感謝，此時那四人已若無其事地繼續用餐。少年苦笑著將臉轉回前方——

「現在是悠哉地向人道謝的時候嗎？」

但羅西生氣地將臉靠到驚訝的奧利佛面前，繼續說道：

「雖然我看那兩個傢伙不爽，但你漏洞百出的樣子也讓人看不下去。既然是重要的人，就得好好保護。你們已經不是小孩子哩。」

「唔……」

「不然的話——小奈奈緒，手可以借我一下嗎？」

「嗯？這樣可以嗎？」

奈奈緒不明所以地伸出手。羅西彬彬有禮地握住她的手，以流暢的動作在手背上親了一下。

「啊——」「哇——」

皮特和卡蒂大吃一驚。羅西露出不懷好意的笑容，看向因為這個突發狀況僵住的奧利佛。

「在你掉以輕心的期間，她可能會像這樣被別人搶走……要記得提高警覺喔？」

羅西話語剛落，奧利佛就撞開椅子激動地起身。

「——羅西！」

「你果然生氣了！哈哈哈哈，再見啦！」

羅西笑著轉身跑開。奧利佛瞪了他一眼，但沒有追上去，而是轉向依然愣在一旁的東方少女。

「奈奈緒，快點把手給我！」

「喔？一次還不夠嗎？」

儘管再次感到困惑，奈奈緒還是將被羅西親過的手伸向奧利佛。少年握住少女的手，用沾了魔法藥的手帕擦拭她的手背。凱忍著笑對專心擦手的奧利佛說道：

「……只是親一下手背，不需要這麼敏感吧？」

「有可能是魅惑術式的其中一個環節！這是為了保險起見！」

「Mr.羅西應該不是那種人……算了，只要你滿意就好。」

「……明明自己不願意主動親人，卻不喜歡看人被親啊……哼～」

卡蒂以帶刺的視線看向奧利佛，但後者現在完全沒有餘力注意其他事。在這個詭異的氣氛中，雪拉突然陷入沉思。

「不過——既然會捲入這種麻煩，表示我們也到了適合的年齡……奧利佛，你不覺得我們有必要改變一下思維嗎？」

少年聽見後毫不猶豫地點頭，但依然沒有停止擦拭奈奈緒的手背。

「嗯，我也在想一樣的事情……今晚就來開個會吧。大家今天放學後抽得出時間嗎？」

「奧利佛，在下開始覺得手背有點痛了……」

直到少女本人這麼說，奧利佛才總算停止用手帕擦拭。他維持認真的表情轉向其他人，讓他們忍笑忍得十分辛苦。

「如果沒問題，就晚上八點在祕密基地集合。我有重要的事情要說。」

當天晚上八點，六人在位於迷宮地下一樓的共有工房集合。

「一、二、三……這是劍花團第八次的聚會呢。」

「感覺已經變成常態了。今天的茶點是檸檬蛋白派喔。」

早一步來做點心的凱，將剛烤好的派放在桌子中央。奈奈緒開心地伸出手拿，卡蒂懊惱了一會兒後，也跟著拿點心。這裡的點心和餐點通常是由凱或卡蒂準備，所以兩人對彼此懷有強烈的競爭

意識。

「感謝大家全員到齊……那麼，馬上進入主題吧。」

奧利佛等所有人都拿好派後如此宣告，雪拉也跟著點頭。少年拔出腰間的白杖，開始用白杖前端在空中寫出發光的文字。首先出現的是「男性」和「女性」這兩個詞。

「接下來要開始上性教育。」

奧利佛一臉認真地開口，害卡蒂和凱被嘴裡的派嗆到。

「咳、咳……！咦，什麼？怎麼突然開這種玩笑？」

「這不是開玩笑，今天聚會的主題真的就是這個。」

雪拉非常認真地對動搖的兩人解釋，並開始說明今天的議題。

「你們還記得今天中午發生的事情吧？多虧有Ｍｒ.羅西幫忙，才能夠一下子就順利趕走那兩個人……」

「咳！」

「……呃，雖然還發生了奈奈緒的手背被親的意外，但先不管這件事。」

奧利佛刻意咳了一聲，明白他意圖的雪拉苦笑地補充完後，看向兩位同伴。

「皮特、奈奈緒，你們知道為什麼那兩個人要來糾纏你們嗎？」

「……是覺得兩極往來者的體質很稀奇吧？不然還有什麼理由。」

「在下完全一頭霧水。他們看起來不像是想和在下比劍。」

兩人一臉困惑地回答——雖然眼鏡少年曾經非常煩惱，但最後還是決定在上個學年的後半向周圍公開自己的特殊體質。一部分的原因是在之前的事件中已經被歐布萊特發現，再來是「比起因為體質曝光受到注目，他更討厭必須一直小心翼翼地隱藏」。

雪拉嘆了口氣。兩人的回答證明他們對自己的狀況毫無自覺。

「你們果然不明白……既然如此，我就用最直接的方式告訴你們吧，那兩位同學是想和你們生孩子。」

接下來是一段漫長的沉默。在雪拉說完這句話後，整整三十秒都沒有人出聲。

「…………咦？」

「嗯嗯嗯？」

皮特和奈奈緒無法理解自己聽見的話，露出困惑的表情。雪拉見狀，輕輕點了一下頭。

「看來是有聽沒有懂，那我就按照順序說明吧。

對絕大部分的魔法師來說，留下自己的子孫可以說是最重要的義務。而另一件同樣重要的事，就是替自己的家族引進更加優秀的血統。身為魔法師的才能愈是傑出，就愈容易被認為是好的對象。到這裡都還明白嗎？」

四人帶著些許困惑點頭。奧利佛將教學的部分交給雪拉，專心聽她說話。

「另一方面，為了避免自己家族世代培養的神祕外洩，擁有優秀血統的魔法師絕對不會隨便賤賣自己的血。有些極度注重這件事的家族，甚至會反覆近親通婚來防止自己的血脈外流。

基於這樣的理由，想與名門望族的魔法師產下子嗣可說是非常困難。所以最後找的對象不是家世相近，就是擁有能夠彌補自身不足的特殊能力。在選擇這方面的對象時，當事人彼此之間的感情通常不會受到重視。」

在六人當中，沒有人比雪拉更了解魔法師的習俗。出身名門的魔法師，從小就會被教導「守護自己的血統」有多重要。因為這是她們最大的財產。

「那麼，不具備優秀的血統，能力又沒有特別突出的魔法師該怎麼辦呢？最平庸的選擇就是和家世與能力相近的對象留下子嗣。另一個方法——就是追求雖然沒有顯赫的家世，但具備突出能力的稀有魔法師。

皮特、奈奈緒，那就是你們。」

雪拉乾脆地斷言。眼鏡少年一聽，就紅著臉開口：

「等、等等……！奈奈緒我還能理解！但我明明還沒做出任何成果……？」

「這和成果無關，兩極往來者的體質就是有這樣的價值。儘管這種體質非常罕見，但目前已經確定能夠遺傳給後代子孫。換句話說……只要成功獲得你的血統，以後那個家族就能生出兩極往來者。對許多家族來說，這是求之不得的事情。」

「基於雪拉剛才說明的理由，大部分的兩極往來者都會受到保護以避免血統外流。就連以擁有許多情人聞名的『大賢者』羅德．法夸爾，都只有留下少數子嗣……你雖然是普通人出身的魔法師，但在第一代就覺醒了這種體質，是不屬於任何家族，還沒被任何人保護的兩極往來者。這種特殊案例，目前全世界可能就只有你一個。」

「唔、啊……」

「你在煩惱要不要公開自己體質時，我也有跟你說過一樣的事……但從你的反應來看，應該是我說明得不夠充分。對不起，害你受到驚嚇了。」

奧利佛一道歉，皮特就連忙搖頭。

「你沒有錯……是我自己想得太天真了。在實際遇到這種事前，我完全沒想到會在二年級的時候就被人用那種眼光看待。明明學長姊也跟我說過『到了適合的年齡就會被人爭相追求』……」

皮特皺著眉頭低喃……他尚未完全擺脫普通人的常識，所以很難想像體質居然會有這麼大的影響力，能夠徹底改變周圍的人對自己的看法。他對自己的認知與周圍的人之間有很大的落差。

雪拉將視線從煩惱的少年身上移向另一位同伴。

「奈奈緒，對魔法師來說，妳的無垢純白也明顯是個優異的素質。包含打倒迦樓羅在內，妳去年已經多次展現出妳的實力，現在應該吸引了許多人的注意。

這樣你們兩個明白為什麼其他學生會想和你們生孩子了吧。」

兩人在雪拉面前陷入沉思。奧利佛見狀，繼續補充說明：

「再加上相對於你們擁有的才能，你們對魔法界可以說是相當生疏。這也是讓其他學生覺得『有機可乘』的原因……這麼一來，自然也會有人採取比較大膽的舉動。」

奧利佛想起白天前來搭訕的學生，露出苦澀的表情。縱捲髮少女輕輕點頭。

「今天這場聚會的目的，就是要讓你們這些年輕的魔法師對自己的立場更有自覺，並指導你們對戀愛和性交建立正確的觀念。你們可能會覺得突然，但現在是最好的時間點。因為這間學校從三年級開始正式允許學生懷孕和生產。」

「懷、懷孕……」

這些超出心理容許範圍的資訊，讓皮特驚訝得說不出話來。而和他同樣低頭紅著臉的卡蒂則輕聲說道：

「……我確實曾多次在走廊上看見大肚子的高年級生……」

「這很正常。因為金伯利對學生的懷孕和生產提供了許多福利。學生之間有小孩在這裡是稀鬆平常的事情。所以才必須趁還有一年的緩衝時間時，先向你們說明。」

「…………」

「凱，不要逃避，好好面對。你也是當事人之一。」

高個子少年不發一語地用雙手摀著臉，但雪拉又繼續補了一刀。

「提供一個統計數據給你們參考。在金伯利以前的畢業生當中，有性經驗者占了全體的八成。」

「八——」「八、八成？」

凱和卡蒂驚訝地睜大眼睛。他們以前在校園報上看到的八卦報導並沒有記載這麼具體的數字。

因為對大部分的學生來說，這是不用報導也知道的事實。

「這個數字在最近幾年都沒有改變。換句話說，在我們六個人裡，將來應該會有四到五人有經驗。對象可能是還不認識的人……也可能是目前坐在同一張桌子的某人。」

「咦——」

卡蒂在聽見這句話的瞬間，反射性地看向同桌的異性。她首先看向奧利佛，但在與本人對上眼的瞬間，就難為情地全力別開視線。這麼一來，少女的視線自然會移向其他地方——

「……不可能，絕對不會發生這種事。」

意外和卡蒂對上眼的高個子少年揮手否定，並露出像在說「別開這種惡劣玩笑」的苦笑。卡蒂也跟著笑了，但那是要替可憐犯人執行死刑的笑容。

「——馬可，把凱往上拋。」

「嗯，知道了。」

馬可從隔壁的大房間伸出巨大的手抓住凱。高個子少年這時候才察覺自己的失言。

「等——等一下！對不起，剛才是我錯了！因為事出突然，我才會不小心說出真心話——唔喔喔喔喔喔喔喔！」

大聲求饒的凱被拉進隔壁房間，沒過多久那裡就傳來誇張的慘叫聲。大房間的天花板有將近十公尺高，這個高度被充分運用在處罰上。卡蒂無視令她感到暢快的慘叫聲，若無其事地轉向其他同伴說道：

「失禮的傢伙已經受到應有的制裁……我們繼續聊吧？」

面對卡蒂的笑容，沒有人敢開口替凱求情。奧利佛在心裡向凱道歉並假裝沒聽見他的慘叫，回到原本的話題。

「既然你們對自己的立場已經有所自覺，那就來說明具體的應對措施吧——首先，必須隨身攜帶避孕用品。這是最重要的前提。雖然你們現在可能會覺得太誇張，但『那種時候』總是來得出乎意料。最壞的狀況就是到時候毫無準備。

再來是希望大家做好心理建設，不要受到一時的心情影響。必須先冷靜下來反覆自問，是否真的要和對方發展成那種關係。在還不確定之前，無論被誰以何種形式邀約都要拒絕。不需要覺得尷尬。會不給你們時間考慮的對象，原本就缺乏誠意。」

奧利佛緊盯著聆聽說明的三人，用堅決的語氣如此斷言。雪拉點頭，並補充自己的見解。

「我基本上和奧利佛持相同意見……但還是補充一下，對這種事要抱持什麼樣的態度，每個人的正確答案都不同。如果有預定在念書期間生小孩，通常會建議『在四年級前先找機會累積經驗』，不然在與自己真正喜歡的對象過夜時可能會出狀況……另外雖然不建議大家仿效，但也有人會利用對方一時的意亂情迷，將一切都賭在『一夜情』上面。因為對這些人來說，這是第一次也是最後一次的機會。」

「我不希望你們採取這種方針，或是中這種招數……當然這只是我作為朋友的建議，沒有強制你們的意思。」

少年嚥下內心的焦急說道。說得極端一點，這場聚會和忠告本身就沒有任何強制力。無論是聽從或忽視，最後都取決於本人的意思。在外面世界具有嚇阻力的倫理觀，在金伯利這個魔境根本沒什麼效果。即使是「將一切都賭在一夜情上」這種方法，在這裡也只是一個普通的選項。

「……奧利佛。」

此時，原本一直保持沉默的奈奈緒開口了。被點名的少年看向少女。

「奈奈緒，怎麼了嗎？」

「假設是你，會想和在下生孩子嗎？」

這句話讓現場瞬間凍結，除了奈奈緒以外的所有人都當場僵住。在只有凱的慘叫聲不斷迴響的房間內，最先回過神的雪拉清了一下嗓子。

「……奈奈緒，妳把話題扯得太遠了。」

「在下明白，但就是覺得缺乏現實感。在下是個從懂事時起就一直在揮劍的武人，從來沒有被人像那樣追求過。無論是思慕或戀情，對在下來說都只是徒具美麗外表的詞彙。」

知道奈奈緒是認真的後，其他人也開始恢復平常心。然後東方少女繼續向仍心有餘悸的奧利佛問道：

「所以請告訴在下，這個問題是否與在下有關。像在下這種除了揮劍以外一竅不通的戰鬥狂，是否真的值得別人付出這種感情。奧利佛，你是在下在這間學校遇過最誠實的人，所以在下才會問你。」

「——唔——」

面對少女直率的眼神，少年領悟到這是個絕對不能逃避的問題。

但他同時也陷入沒有正確答案的煩惱——這個問題究竟該怎麼回答才好？

即使撕破嘴，他也不能說「不想」。這場聚會的目的是要讓奈奈緒明白自己的魅力，這樣回答不僅自相矛盾，也會重蹈凱的覆轍，更重要的是違背自己的真心。如果要講述奈奈緒．響谷的魅力，奧利佛有信心能持續說一個晚上。

但如果回答「想」，就不可避免地會讓自己變成早上那兩人的同類。所以少年不想回答。這無關魔法師的常識，他絕對不想讓自己變成那樣，不想將自己和奈奈緒的關係貶低成用來繁衍後代和維持血統的手段。因為唯有這件事——

——諾爾，人格才是人的本質。既不是才能，更不是血統……千萬別忘了這點。

是自己這個不肖的兒子發誓會好好繼承的唯一信念。

「…………如果說……」

即使聲音在顫抖，也不能一直保持沉默。少年必須回答她的問題。

「…………如果說，我沒有從妳身上感覺到魅力——那就是在說謊。」

奧利佛勉強擠出這句話。這是個非常平庸的回答，而且在這個狀況下只能算是最低限度的肯定……如果自己能夠乾脆地把這當成社交辭令說出口，不曉得會有多麼輕鬆，但只要他還想對少女誠實，就沒辦法這麼做。

「這樣啊……原來如此，是這樣啊。」

奈奈緒如此低喃，像是在細細咀嚼少年的回答。縱捲髮少女插嘴替兩人打圓場。

「好像有點討論得太深入了……今天只是希望大家能多有一點自覺，所以這樣就很夠了。這個話題就到此為止吧。」

「…………我知道了。」

奧利佛和奈奈緒互相對望，捲髮少女表情複雜地點頭。雪拉溫柔地用手指梳著她的頭髮，小聲提醒：

「卡蒂……差不多該原諒凱了吧？」

「那邊還要再十分鐘。」

卡蒂毫不猶豫地如此回答，而且最後也完全沒有縮短時間。

他們在那之後又閒聊了約一個小時，才結束當天的聚會。

「————」「…………」

凌晨兩點的女生宿舍，因為奈奈緒和卡蒂已經準備好睡覺並熄燈，所以房間裡一片漆黑。

「……奈奈緒……妳還好嗎？」

「——嗯？」

捲髮少女躺在床上問道。她從呼吸聲知道室友還醒著。

「妳回房間後就一直沒說話，所以我才想妳是不是在煩惱……那個，畢竟是第一次討論這種話題，妳應該各方面都很震驚吧？」

卡蒂慎重地挑選詞彙。過不久，從隔壁的床傳來回答。

「在下確實覺得震撼——沒想到除了武術以外，居然還有人對在下抱持著其他期待，簡直是突如其來的青天霹靂。」

「……客觀來看，這是理所當然的事情。奈奈緒從一開始就帥氣又可愛，而且——」

卡蒂閉上眼睛，在腦中回想東方少女至今的活躍……明明才剛升上二年級不久，她就已經累積了數不清的事蹟。無論是馬可在入學遊行上大鬧，還是迦樓羅突然闖入犬人狩獵的會場，卡蒂總是能看見那道凜然的背影。

「——我有時候還會覺得妳戰鬥時的身影非常美麗。無論男女，也不管有沒有奇怪的企圖，都一定會迷上妳。」

「被卡蒂這麼一說，總覺得有點難為情呢。」

不曉得是受到今天聚會的氣氛影響，還是在黑暗中看不見彼此的臉，捲髮少女不斷說出平常說不出口的話，甚至覺得能順勢提出那個問題。

「既然都已經說了這麼多害羞的話，我就直接問了……妳喜歡奧利佛嗎？」

沉默瞬間降臨。這對總是瀟灑做出回應的奈奈緒來說，是非常罕見的狀況。

「在下從剛才開始，就一直在思考這個問題。」

奈奈緒暫時停止思緒，如此回答。卡蒂當然也明白朋友從那場聚會結束之後，就一直在牽掛這件事。

「在下想聽奧利佛的聲音，想待在他身邊，也想與他互相交流，這些心情都是毋庸置疑的。所以至今才會一直像個跟屁蟲般纏著他。」

「……唔……」

這個幾乎等於肯定的內容，讓卡蒂的內心刺痛了一下。她知道對方是個有問必答的人，所以才一直不敢問。奈奈緒絕對不會蒙混別人。不如說卡蒂才是那個怕被問到對奧利佛有什麼想法的人。

「但是另一方面，在下心裡有一個根本的疑問……一個人可以在喜歡某人的同時，又希望對方死嗎？」

然而，接下來的這段危險發言完全出乎卡蒂的預料，讓她在黑暗中望向室友。

「希望對方死？……這、這是什麼意思？」

捲髮少女戰戰兢兢地問道。然後——奈奈緒這次果然也沒有蒙混。

「在下最大的心願是與奧利佛決一死戰。打從在課堂上第一次與他交手到現在——這個心願從來沒有動搖過。」

這個如鋼鐵般堅定的回答，讓捲髮少女倒抽了一口氣……雖然這是大家在剛入學不久時就一起

討論過的話題，但後來就沒再跟奈奈緒確認過「這件事」。卡蒂原本認為沒有必要。奈奈緒之後一直表現得很開朗，所以卡蒂以為這問題早就已經解決了——她想要這麼相信。

「在下原本期待這股衝動，會在與大家一起共度校園生活的期間逐漸平息，但在下想得太樂觀了。愈是喜歡奧利佛，愈是了解他的為人，就愈想和他以劍交鋒。每隔一段時間，就會因為無法滿足的飢渴全身顫抖。」

少女說出埋藏在心裡的想法。沒錯，不可能這麼簡單。奈奈緒那天坦白的事情，絕對沒有膚淺到能夠隨著時間經過淡化。這股慾望深植於她的靈魂，是構成她人格根基的一部分。

「在下每次自問，都會得到相同的答案——好想砍他，好想被他砍。在下瘋狂地懷念那次短暫的交鋒。要是能夠繼續和他決鬥，不曉得會有多麼歡喜——」

奈奈緒興奮地繼續訴說。相較之下，卡蒂則是聽得全身寒毛直豎。她原本認為奈奈緒是個心直口快，不會隱藏任何事情的朋友，如今她卻隱約窺見了埋藏在朋友內心深處的那股超越想像的激情。那就像是隔著一扇小玻璃窗，窺探熊熊燃燒的火爐內部。

「卡蒂，聽完在下的話，妳覺得在下算是喜歡奧利佛嗎？」

奈奈緒．響谷從火爐的內部向朋友提問。卡蒂無法回答，她的喉嚨、舌頭和嘴唇都凍住了。畢竟在她過去的人生當中，從來沒遇過這種等於是在詢問自己的存在是否正確的深刻問題。

沉重的沉默與漫長的寂靜，宛如分隔兩個國家的大河般橫亙在兩人之間——最後，奈奈緒將這視為回答，即使房間一片漆黑，卡蒂仍感覺到她露出苦笑。

「果然不是嗎……抱歉問了一個蠢問題。」

「——啊——」

卡蒂瞬間明白自己剛才犯下了無法挽回的失誤。

在連一根手指都動不了的卡蒂面前，奈奈緒靜靜從床上起身——然後跪坐在床上。從窗簾縫隙射進來的月光，照亮東方少女的臉龐。她的表情像個準備切腹的武士般冰冷緊繃，卻又散發出讓人窒息的美。

「在下從以前就有所自覺。姑且不論雙方同意的狀況，執拗地想要殺害不想決鬥的對象，根本是下流的獸性。這與習武之人的高尚情懷完全相反，只能用卑劣來形容。

即使如此……愚蠢的在下依然不知反省地懷抱著夢想。期待有朝一日心儀的對象能夠回應在下的心情，讓在下不是以野獸，而是以一個武人的身分與其決鬥——」

少女訴說著自己那個絕對不能實現，光是想像就罪孽深重，完全背離人倫的夢想。

「——如果有一天，在下連作夢都感到厭倦，遺忘所有驕傲並墮落成真正的野獸……」

奈奈緒毫不留情地繼續說道。她的這些話，已經等於是給朋友的遺言。

「卡蒂，希望妳到時候不要猶豫，直接用杖劍放出魔法——貫穿在下的心臟吧。」

卡蒂在聽見這句話的瞬間，感受到一股椎心般的衝擊，她腦中突然浮現一個鮮明的畫面。

在某個不知名的陰暗場所。一個人影握著沾滿鮮血的刀，孤單地站在她面前。周圍倒臥著無數被那把刀砍倒的屍體。由眾多死者累積的沉默，已經超越寂靜到讓人耳鳴的程度。

然而無論砍倒多少人，都無法滿足持刀者的飢渴。「那個人」心裡只有一個命中注定的宿敵。在與那個少年交鋒，並親手殺害那個最愛的對象前——少女絕對不會停下腳步。

面對這幅場景，捲髮少女以顫抖的手拔出自己的杖劍……能說的話都已經說盡，只剩下再明白不過的義務。沒錯，她必須實現朋友過去的心願，完成託付給自己的責任。她站在這裡的唯一目的，就是貫穿對方的心臟。

事到如今，雙方都已經無話可說。即使如此，卡蒂還是忍不住開口了。她像過去那樣懷抱著親愛之情，呼喊已經徹底變貌的好友之名。

「……奈奈緒……！」

現實的卡蒂穿越那幅想像的場景，從床上跳起身。她呼喊著對方的名字衝到隔壁的床上，全力抱緊對方。絕對不能讓少女離開，不能讓少女邁向那樣的未來。

卡蒂心裡產生穩固的確信，她知道自己剛才想像的畫面——「就是奈奈緒．響谷這名少女墜入魔道的時刻」。

「——勿喜於復仇之劍，應喜於相愛之劍。」

奈奈緒感受著朋友的顫抖與體溫，斷斷續續地說道。

「這是過去戰場上唯一的親人，父親大人留給在下的話——沒想到在下會有覺得這是詛咒的一天。」

沒錯，少女當時完全沒預料到自己未來的命運。生於戰場，死於戰場——少女以為自己一輩子

都不會離開戰場，所以只要思考死法就夠了。無論砍人或是被砍，她的心裡都不會有任何糾結。

但現在不同了。在經歷許多迂迴曲折後，她來到了這個位於大海對面的學校——自己正「活在戰場之外」。在這裡結交的朋友，也希望未來能繼續和自己在一起，這是多麼難能可貴的事情。即使如此——自己的內心依然沒有任何改變，這又是多麼罪孽深重。

「……誰都不曉得，未來會變怎樣。」

卡蒂希望朋友不要放棄。沒錯，即使剛才的景象真的是未來，那個時刻也還沒到來。

「我們剛升上二年級，在這裡的生活才正要開始……接下來還有好多快樂的事。我們可以一起欣賞各種景色，一起騎著掃帚到處飛，一起盡情地遊玩，接下來還有好多機會能夠一起歡笑。我說的沒錯吧……？」

所以她決定專心描繪希望，打造一個穩固又鮮明，足以覆蓋原本一切的未來。

「只要像這樣生活，想和奧利佛決一死戰的念頭一定會逐漸消失……反倒是我們大家的感情會變得更好。

到時候，我一定會想起今天的事情，和大家一起調侃奈奈緒『妳以前曾經說過這種話，最後都是杞人憂天。雖然妳當時想得很嚴重，但可惜我們以後也會一直在一起呢』——」

卡蒂到後面已經是含著眼淚，用沙啞的聲音說話。奈奈緒回抱朋友，輕輕點頭。

「是啊——要是能變成那樣，該有多好。」

第二章

School Force
學生會

魔法師和普通人之間最大的差異，就是能否在空中飛。

掃帚科野牛屬的魔法生物——「掃帚」的存在可以追溯到大曆之前，所以帚術的歷史比魔法劍還要古老。普通人有句俗話叫「魔女也可能從掃帚上掉下來」，雖然這是用來比喻人難免出錯，但由此也能看出帚術悠久的歷史。

只要會飛，當然就有可能墜落；而既然能飛，自然就會有人競速。當魔法師「大部分的傷都能用治癒魔法治好」的特性，與比誰飛得快的比賽結合在一起後，就成了「騎著掃帚將對手擊落」的遊戲。而這個遊戲具備的刺激、深奧和野蠻，瞬間就擄獲了當時的魔法師們的心。

隨著規則的建立和改良，原本單純的遊戲在約一千年前昇華為競技，並在約八百年前發展出團體賽。聯盟的各國就是從那時候開始喊出「更加野蠻，更加美麗」的口號。

到了現代，魔法師假日最普遍的娛樂，就是喝著啤酒看掃帚競技。

「好快！好快！好快！真的太快啦啊啊啊啊！明明還是二年級生，為什麼奈奈緒．響谷選手能飛得這麼快！等級實在差太多了！其他選手甚至連她的身影都看不清楚！」

穿著兩種不同制服的魔法師們，在座無虛席的觀眾席上空飛來飛去。有時從正面擦身而過，有時從背後發動襲擊，有時左右包夾對手——他們不斷用背上的擊棍將對手擊落。只要有人墜落，觀眾就會發出歡呼。在這股狂熱的中心，有個身材遠比其他選手嬌小的少女。

「明明光是速度就夠難應付，沒想到連使用擊棍的技術都無人能敵！這到底是怎麼回事，難道東方的武士都是這樣嗎？看來聯盟氣數已盡！各位觀眾，你們還是先洗乾淨脖子等著切腹吧！」

擔任播報員的學生也興奮不已。他們看的這場比賽實在過於異常。其中一支隊伍的一名選手完全掌握了比賽的主導權，用遠超出青少年組水準的空中機動將其他選手遠遠甩在後面。敵對的隊伍完全無法應付她猛烈的攻勢。

「天啊！一直被她耍得團團轉的對手終於忍不住放棄矜持，派了八個人對響谷選手展開突擊！真是太孩子氣了，但這也是無可奈何！怎麼辦！這下即使是她，應該也撐不了多久！」

這已經是最終手段。從四面八方包圍，靠人數壓垮對手。就算知道會將背後暴露給其他敵隊選手，還是堅持要擊落敵隊的王牌。雖然這絕對不能算是上策，但不這麼做就連比賽都無法持續下去，無法和那個少女在同一個天空飛翔。他們不用對話就明白這點，一齊襲向目標——結果八根擊棍全數落空，連碰都碰不到對手。

「唔喔喔喔喔——！穿過去啦啊啊啊！用難以理解的空中機動穿過那個包圍網啦啊啊啊！這是怎麼回事！她到底是怎麼找到空隙的！

可惡，我再也解說不下去了！只要能看見妳飛行的身影就夠了！響谷選手，請妳以後也要一直為我們帶來精彩的演出啊啊啊！」

播報員開始尖叫，觀眾也跟著發出宛如咆哮的聲音。雖然坐在前排的學生不斷被從杯子裡濺出的啤酒噴到，但根本沒人會在意這種事。現在所有人都仰望天空，看著在空中自由飛舞的少女——

「……不管看幾次都會讓人懷疑自己的眼睛。沒想到奈奈緒參加掃帚競技居然這麼厲害。」

雪拉在觀眾席的角落目睹朋友的活躍，驚訝地如此低喃。觀眾們已經全都起身，沒有人坐在座位上。站在旁邊的凱，把頭轉向這裡說道：

「雖然她現在參加的基本賽只有三年級以下的選手，但依然是無人能敵。包含出道戰在內，她目前參加的六場正式比賽平均得分是驚人的五點八分。這樣算起來，等於她每場比賽都會擊落敵隊超過一半的選手，當然最後也是連戰連勝。野雁(Wild Geese)這期的排名一直都穩居第一。」

「……她本人的實力和戰場完全不搭，根本是在破壞平衡。你看敵隊的啦啦隊，那與其說是不甘心，不如說是完全呆住了。」

皮特指著草地對面的觀眾席說道。其他三人跟著看過去，發現敵隊的啦啦隊就像皮特說的那樣連旗子都忘了搖，直接呆站在原地。有時候如果比賽太過一面倒，會讓啦啦隊比選手更早失去幹勁，所以也無法責備他們怠慢。凱苦笑著點頭。

「因為太讓人看不下去，所以主辦單位似乎在考慮直接讓她升上青年組。這種在二年級正式參賽，然後又在同一年升級的案例，過去似乎只發生過兩次。」

「…………」

卡蒂聽著凱的說明，以明顯比另外三人凝重的表情默默仰望天空。

她心裡只覺得諷刺。因為無論表現得再耀眼，或是被再多人仰慕，奈奈緒本人的渴望都無法獲得一絲滿足。

「哇啊啊啊啊啊——唔…………咦、咦？」

被奈奈緒擊落的敵隊選手，在即將撞上草地的瞬間輕輕飄了起來，然後被溫柔地放到地面。在一旁緊盯著天空的防護員，對愣住的選手說道：

「如果覺得有哪裡痛就先別動，救護人員馬上就來。」

奧利佛．霍恩毫不鬆懈地握著白杖。他正在比賽場地的下方擔任防護員。播報員注意到他的表現後，立刻大喊：

「哎呀，那位是防護員奧利佛．霍恩！眾所皆知，他專門負責支援響谷選手，並持續在自由飛翔的同伴底下低調地活躍！他細心控制魔力溫柔接住墜落者的手法，已經受到部分人士的好評！他是打算拿下這期的最佳防護員獎嗎！咻～我也好想被你接住——！」

播報員毫不吝嗇的讚美讓奧利佛露出苦笑，但他仍繼續堅守自己的崗位，完全無法鬆懈。因為他確定少女一定會繼續將剩下的選手一一擊落。

「奧利佛被稱讚了！那個播報員真有眼光！」

「是啊。」

播報員的介紹讓雪拉感到十分開心，一旁的皮特也小聲表示同意。凱交互看向位於上空與地面的朋友。

「唉，雖然奈奈緒本人一次都沒墜落過。」

「不，防護員就算沒有表現的機會也沒關係，只要待在那裡就夠了。就算自己墜落也一定會被接住——這樣的信賴感能讓選手毫不遲疑地飛翔。奈奈緒剛才的活躍，有一部分也是多虧了奧利佛的存在。我對此深信不疑。」

就在雪拉以堅定的語氣這麼說時，宣告比賽結束的喇叭高聲響起。在獲勝的選手們於空中圍成一圈飛翔的期間，凱重新轉向其他同伴。

「比賽結束了。我們也去道賀吧……卡蒂，妳今天感覺特別安靜，沒事吧？」

「……嗯，我很好，只是在想點事情。我們去道賀吧！」

在凱的關心下，卡蒂重新恢復笑容踏出腳步。沒錯——自己怎麼可以露出陰沉的表情呢。為了引導重要的朋友走向光明，自己必須成為她的燈火才行。

「辛苦了，奈奈緒！妳今天的表現也很棒喔～～！」

在獲勝隊伍的休息室，眾人毫不吝嗇地讚美奈奈緒這個大功臣。其中一位學姊用力抱住她，其他參賽選手也跟著聚集。

「妳真的好厲害！我有看見妳擺脫那八個人的包圍！對方全都被妳嚇傻了！」

「反倒是我們差點因為過於驚訝而掉下掃帚！妳也多體貼一下隊友！」

「可惡，也給我們一點機會表現啦！我今天一個人都沒擊落！」

除了祝福的話以外，覺得比得不夠盡興的選手也趁機開口抱怨。奧利佛在同一個房間的角落看著這一切，此時另一個學長輕輕拍了一下他的肩膀。

「奧利佛，你今天也表現得很好，可以再更高興一點。那個播報員平常可是很少這麼稱讚二年級生呢。」

「……好的。但他有一半應該只是為了炒熱氣氛吧。」

奧利佛苦笑著回答……他覺得自己有克盡防護員的職責，但還是遠遠比不上奈奈緒的表現。透過最近的幾場比賽，他深刻體認到少女騎掃帚的才能與其他人真的是天差地遠。

「——奈奈緒．響谷選手在嗎？」

沉浸在獲勝氣氛的休息室門口被人打開，一個陌生的高年級生走了進來。那是一個眼神尖銳，身材如同豹一般優美的女學生。即使被一群發現訪客的選手們注視，她仍在認出東方少女後傲慢地開口：

「雖然我想妳應該已經聽說了，但主辦單位派我來正式通知妳。高興吧，妳從下次開始升級到青年組。」

選手們在聽見這句話的瞬間陷入騷動，但馬上就發出歡呼聲。

「唔喔喔喔，這麼快！」「我本來就確信妳會在這學期升級，但比預期的還要快呢！」

「啊啊～之後就沒辦法在比賽中一起飛啦……！」

「別哭啦！等我們也升到青年組，就能再次一起飛了！」

有人替同伴升級感到開心，但也有人為同伴這麼快就前往下個階段感到難過。負責通知的女學生在看見這些選手的反應後，露骨地咂嘴。

「……你們這群飛蟲真是吵死了。被剛出道不久的學妹超前有什麼好高興的？」

她毫不掩飾不悅的心情，讓原本反應熱烈的選手們臉上瞬間蒙上一層陰霾。或許是覺得看不下去，奧利佛旁邊的學長介入調停。

「艾希伯里，妳還是一樣嚴厲呢……但妳也用不著這麼說。替自己隊友的發展感到高興是很正常的事吧。」

「別逗我笑了，講得好像她是你們培育出來的。」

叫艾希伯里的女學生就連對幫忙打圓場的人都毫不留情，甚至繼續指責眼前的那些選手。

「今天──不對，野雁這期的戰績都是那女孩一個人的功勞。剛才的比賽有任何團隊合作嗎？一次都沒有吧。這也是理所當然，因為只是一隻燕子和一群飛蟲在一起飛而已。」

這段粗暴至極的批評，讓選手們都啞口無言，因為他們也知道今天的勝利絕大部分是奈奈緒一

個人的功勞。艾希伯里將視線從陷入沉默的選手們身上移開，看向站在房間角落的奧利佛。

「硬要說的話，就只有那個防護員算有做事。你的表現比其他飛蟲好多了。」

「……謝謝。」

因為這個氣氛實在不適合高興，所以奧利佛只做出最低限度的回應。與此同時，艾希伯里再次看向奈奈緒。

「無論如何，遊戲到此為止。奈奈緒．響谷，前往更適合妳的天空，然後等著被我擊墜吧。」

「明白了。既然是學姊的邀請，在下義不容辭。」

即使對手的話裡摻雜了挑釁，奈奈緒仍毫不遲疑地回應。不僅如此，她還筆直盯著對手繼續說道：

「此外，他們絕對不是飛蟲，而是與在下在同一片天空並肩作戰的戰友。請妳務必撤回剛才那句話。」

「……喔？妳意外地也會說些無聊的話呢。」

艾希伯里不屑地回答。她打量似的凝視奈奈緒，過了幾秒才重新開口：

「趁這個機會，我就先跟妳確認一下好了。這個問題很重要，妳要認真回答——掃帚對妳來說是什麼？」

艾希伯里提出一個莫名抽象的問題。奈奈緒困惑了一會兒才回答：

「當然是同伴。一起期望能飛得更遠、更快，帶在下前往遙遠天空的同伴。對妳來說不是這樣

嗎？」

奈奈緒誠實說出心中的想法，因為她想不出其他的答案，所以試著提出反問。艾希伯里接受少女單純的疑問，以毫無動搖的語氣回答：

「不是，當然不是。

掃帚就像四肢一樣，是我身體的一部分，只是按照我的想法飛翔而已。這傢伙沒有自己的意志。」

艾希伯里指著自己背上的掃帚，乾脆地說道。接著她順勢將臉湊到奈奈緒眼前，近距離用力瞪著少女說道：

「幸好我有先問——妳實在太礙眼了。我一定會把妳擊墜。」

充滿決心的聲音沉重地響起。這已經超越宣戰布告，更像是殺人預告。艾希伯里就這樣轉身離開休息室，剛才被無禮批評的選手們全都沒有挽留。對方的風格和魄力實在太過強烈，這些青少年組的選手根本無法對抗。

等感覺不到艾希伯里的氣息後，最年長的男選手嘆了口氣。

「……總算走啦。奈奈緒，真是辛苦妳了。」

「這不算什麼。不過真是一位個性剛烈的人呢。」

奈奈緒似乎對這個初次見面的對象很有興趣。一個察覺這點的學姊，從背後將雙手搭在她的肩膀上。

「她叫黛安娜・艾希伯里。在金伯利的掃帚競技中算是頂尖選手……奈奈緒，妳突然就被一個棘手的人給盯上了呢。」

除了本人以外，休息室內的所有人都這麼想。非比尋常的才能總是會吸引非比尋常的因緣，奧利佛再次體會到奈奈緒的強大影響力。就在這時候，有人輕輕敲了休息室的門。

「打擾了！呃，我是奈奈緒和奧利佛的朋友，請問可以進去嗎？」

那是與被叫到名字的兩人十分熟識的高個子少年的聲音。將手放在奈奈緒肩膀上的學姊露出微笑。

「你們的朋友來道賀了。去迎接他們吧。」

「好的！那麼，奧利佛！」

「嗯。」

兩人一獲得允許，就一起走向休息室的門。之後朋友們溫暖的讚賞，讓奧利佛暫時遺忘了剛才對未來的不安。

隨著從一年級升上二年級，除了掃帚競技方面的表現以外，奈奈緒等人在校內的立場也產生了很大的變化。壓制巨魔、擊退迦樓羅、在一年級最強決定戰中的活躍，以及在奧菲莉亞・薩爾瓦多利事件中參與的激烈戰鬥——他們在過去的一年裡累積了許多搶眼的戰果。

「就是這裡吧。」「……嗯。」

站在位於校舍四樓的會議室大門前，奧利佛和奈奈緒互相點頭確認。門上的牌子大大寫著「學生會總部（school force headquarter）」。金伯利的學生會並非委員會（council），而是一支部隊（force）。覺得這個危險名稱很有金伯利風格的奧利佛，試著敲了一下門。

「打擾了——我們是二年級的奧利佛．霍恩和奈奈緒．響谷。聽說學生會找我們有事。」

「請進。」

奧利佛和奈奈緒聽見門後方傳來熟悉的男性聲音，開門走進房間。房間中央有個四角形的長桌，桌子對面坐了三個高年級生。奧利佛和奈奈緒在入口附近站定，坐在中間的戈弗雷率先開口：

「歡迎來到金伯利學生會總部。抱歉突然把你們找來。不用緊張，先坐吧。」

學生主席以溫和的聲音指示奧利佛和奈奈緒入座。確認兩人坐好後，戈弗雷挺直背脊用鄭重的語氣宣告：

「那麼，我要再次針對奧菲莉亞與卡洛斯的事情向你們道謝……你們做得很好。多虧你們當時的奮戰，才沒有出現其他死者。」

「……不。如果學長們沒來，我們應該已經死了。」

奧利佛垂下視線，坦率說出自己的想法。坐在桌子對面的其中一個人瞬間皺起眉頭。那是一個黑皮膚的女學生，從制服的顏色來看，應該是六年級的學生。

「既然你有自知之明，那從一開始就不該行動……我和戈弗雷不同，不會因為最後沒事就對學弟妹通融。」

面對這段嚴厲的指責，奧利佛完全無話可說，只能乖乖接受對方的勸誡。然而有個人一聽，立刻笑了出來。那是一個身材嬌小的五年級男學生，他隔著戈弗雷坐在女學生的左側。

「……妳有資格說這種話嗎？」

「提姆，你剛才說什麼？」

「我什麼都沒說。」

女學生一瞪，叫提姆的五年級生就刻意別開視線。他的態度讓女學生咂嘴。

「你這毒殺魔講話小心一點。你以為是誰害我們只要聞味道就能認出大部分的毒？」

「是多虧了可愛的學弟吧？哎呀，被人這樣誇獎還真是害羞。」

即使被人譴責，提姆仍厚著臉皮直接頂撞回去，兩人互相瞪視，場面一觸即發。夾在中間的戈弗雷死心般的嘆了口氣。

「別在學弟妹面前起爭執啦……兩位，不好意思。雖然他們經常拌嘴，但其實感情沒有那麼差。」

「看得出來。」

奈奈緒笑著說完後，原本互瞪的兩人一同別開視線。戈弗雷趁機開始介紹兩人。六年級的女學生叫蕾賽緹・英格威，五年級的男學生叫提姆・林頓，兩人都是學生會的老班底，從低年級開始就

是戈弗雷的盟友。其實在奧菲莉亞之前引發的騷動結束時，奧利佛他們在從第三層回校舍的路上就已經見過他們。

「差不多該進入正題了……你們應該也大概猜到今天被找來這裡的原因了吧。」

戈弗雷很快就直接切入話題的核心。學生主席轉向兩名學弟妹，看著他們的眼睛說道：

「Mr.霍恩、Ms.響谷——你們要不要加入學生會？」

奧利佛聽見這句話時並沒有特別驚訝。雖然只是走個形式，但關於在戒嚴期間未經許可就潛入迷宮的事情，他們之前就已經被戈弗雷本人斥責過了。所以學生會這次把他們找來這裡，一定是為了招募。

「我想你們從之前的事件就有察覺，我們總是人手不足。並不是我們人少，只是校內發生的問題實在太多，無法全部對應，所以我們目前某種程度上也是抱著盡力而為的心態在處理。」

戈弗雷一開始就直接坦白說明組織的現狀，讓人感覺得出來他沒打算用言語欺騙兩人。當然奧利佛早就知道他不是那樣的人。

「請你們別太失望。儘管離實現還很遙遠，但我有具體的對策能解決這個問題——那就是在迷宮內建立秩序。限制只有三年級以上的學生能夠進入迷宮，並透過配置監視人員的方法來減少學生之間的衝突。我們大略估算過，只要能確實在第一層和第二層執行這些措施，就能將迷宮內的問題減少到目前的三分之一以下。」

戈弗雷接著開始說明活動的具體目標。奧利佛也在此時大概掌握了金伯利學生會的性質。雖然叫學生會，但本質上並非親近學校的組織，不如說是在對學校的作法提出異議。

「我也是個魔法師，明白探求魔道這種事本來就不受倫理限制，也不會要求深層的居民們別自相殘殺，但我無法坐視經驗不足的低年級生被波及。我從以前就一直這麼想。

許多學生都和我抱持相同的意見。證據就是在每年的死者當中，低年級生都只占一小部分。高年級生們也在努力盡可能別讓他們喪命。簡單來講，我這個『在迷宮內建立秩序』的目標，只是把大家的『想法』提升成『制度』而已。」

奧利佛也深有同感……光是在他入學後於迷宮內目睹的狀況，就已經夠血腥了。雖然有時候是他運氣太差被波及，但有時候是他自己主動和同伴一起闖入險境——即使如此，他們在一年級的期間所遭遇的危險還是太誇張了，甚至在平常一起行動的六人當中，就算現在已經死一兩個人也不奇怪。

「你們願意為了救同伴賭上性命，所以應該和我們的目標也有所共鳴。這就是我邀請你們參加學生會的原因——不過當然不只這個理由。

更現實的一點是，我們需要戰力。我想你們也親身體會過，為了應付墜入魔道的學生，我們需要足夠堅強的戰力，換句話說就是特別突出的能力。擁有這種能力的學生並不多，特別是從二年級就開始展現出才能的人。」

戈弗雷看著兩位學弟妹說道。奧利佛聽到這裡總算開始回話：

「能獲得學生主席的賞識，讓我覺得十分光榮……但坦白講，我覺得自己沒資格獲得這麼高的

評價。我在之前的事件中能勉強撐到學長們抵達，全都是多虧了密里根學姊的幫助。如果沒有她，我和朋友們應該早就沒命了。」

「密里根也說過相同的話。說如果只有自己一個人，絕對活不下來。」

這個意外的回應，讓少年啞口無言。雖然他在探索迷宮時受到薇菈‧密里根許多照顧，但沒想到她對自己的評價這麼高。

「當然我沒打算現在就把你們當成戰力，但你們在一年級時就擊退眾多合成獸潛入第三層，還與朋友一同從絕界詠唱中生還。這個結果怎麼想都不可能只是偶然。考慮到你們今後的成長，我確定你們的實力絕對值得這個評價。」

「…………」

既然學生主席都說到這個程度，又有之前同行的高年級生幫忙掛保證，奧利佛繼續謙虛下去反而只會顯得傲慢，所以他放棄反駁專心聆聽。奈奈緒原本就沒有打算插嘴，因此戈弗雷繼續對兩人說道：

「當然，我沒打算要你們單方面付出。基於組織的性質，我們無法期待來自學校的支援或報酬，但我們還是能給你們不少東西。

例如學生會成員們的研究成果。儘管不是全部，但我們會共享其中的一部分。其他團體當然也擁有相同的習慣，只是學生會的規模在校內也算是數一數二。因為人數眾多，所以這方面的好處也不少。」

這件事對奧利佛來說也很有魅力，因為他比任何學生都想要戰鬥的力量。這樣不僅能稍微縮小與剩下六個魔人的實力差距，還能從習慣戰鬥的學生會成員那裡學到許多極具價值的技術。

提出這個巨大的好處後，戈弗雷擺出思考的姿勢。

「如果還要再找出其他的好處……我想想──Ｍｓ.響谷。我聽說妳非常喜歡和人決鬥，特別是用魔法劍比試。」

「嗯，是這樣沒錯。」

「我對魔法劍也有點自信。雖然自己這麼說不太好，但在學生中應該算有高等的實力──這樣有傳達到嗎？」

戈弗雷突然從椅子上起身，拔出腰間的杖劍擺出中段的架勢。奧利佛在目睹那個站姿的瞬間，就忍不住打了一個寒顫。一旁的奈奈緒也微微顫抖。

「……原來如此。充分傳達到了。」

「那真是太好了。坦白講，我對妳也很有興趣。」

戈弗雷微笑地說完後，收起杖劍重新坐下，將視線移到奈奈緒旁邊的少年身上。

「Ｍｒ.霍恩，你當然也一樣……坦白講，我的魔法最缺乏的就是細膩與靈巧，到現在都還被同伴們當成火力笨蛋。你的性質和我完全相反，假使能和你並肩作戰，不曉得會有多麼可靠。」

根據奧利佛的分析，戈弗雷應該不是為了招募才刻意抬舉他們，而是能確實釐清一個人擅長與不擅長的領域。優秀的魔法師通常都有這種傾向。

戈弗雷講到這裡稍微停頓，他用力吐了口氣，垂下視線說道：

「最後再補充一個我們面臨的狀況吧。

……失去獨一無二的好友，讓我十分沮喪。不對——應該說整個學生會都是如此。」

他一說出這句話，就像燈突然熄滅般失去原本的氣勢。不僅聲音變得毫無魄力，就連體格都彷彿小了一圈。默默隨侍在他旁邊的兩人也一樣。

「所以我是真心希望能獲得你們的支持……」

奧利佛的內心動搖了。無論他怎麼想，眼前這三人的樣子都明白顯示出他們失去了十分重要的事物。

而且戈弗雷坦率地揭露了自己的軟弱。他放棄掩飾與威嚴，直接表明現在的學生會就是艱困到必須向還不成熟的低年級生求助。

對奧利佛來說，這是最有效的說服方式。他心裡湧出一股想馬上答應的衝動。這是很自然的反應。畢竟他原本就欠戈弗雷，以及現在已經不在人世的卡洛斯·惠特羅不少人情。

「……非常抱歉。」

所以他拒絕了。因為他還有其他無論如何都不能退讓的事物。

「……這樣啊……我可以問一下理由嗎？」

戈弗雷以不帶任何責備的語氣問道。奧利佛慎選言詞回答：

「我對學生會的理念很有共鳴，關於在迷宮建立秩序這點，目前也沒有任何異議。就這層意義上來說，我可以算是學長們的支持者。

但作為一個魔法師，我現在有太多必須優先處理的事情，所以無法成為積極推動這些事務的人。」

說著說著，奧利佛在心裡思索——無論是為了維護校內秩序還是學弟妹的安全，學生會的目的都是「守護」。相較之下，自己的目的是「討伐」剩下的六個魔人。視狀況而定，這兩個目的很可能會衝突。因此就算他對學生會的理念有所共鳴，也無法和他們踏上同一條路。

即使不曉得這些內情，戈弗雷還是從奧利佛的回答中感覺到他的誠意。青年微笑著點頭。

「原來如此，我明白了……雖然遺憾，但我就放棄吧。不好意思耽誤了你的時間。」

「我才是很抱歉無法回應各位的期待……儘管無法加入，但如果未來有我幫得上忙的地方，我一定盡我所能。」

那麼，我先告辭了……奈奈緒，妳就按照自己的意思決定吧。」

奧利佛簡短說完就起身準備離開。他知道再繼續多說下去，只會顯得有損誠意。所以他直接開門，向眾人行了一禮就走出房間。奧利佛離開後，只剩下一人安靜地坐著。

「——那麼，在下也先告辭了。」

過了一會兒，東方少女也跟著起身。戈弗雷見狀，露出有些寂寞的微笑。

「Ms.響谷，妳也不願意加入嗎……我的劍無法構成誘因嗎？」

「不，這部分無可挑剔。只是在下想待在奧利佛身邊。」

少女嫣然一笑，率直地說出心裡的想法。戈弗雷忍不住苦笑——面對如此高潔的態度，究竟有誰能對她有怨言呢。

少女深深行了一禮，然後跟著走出房間。戈弗雷目送少女離開，然後像是原本緊繃的線突然斷掉般，沮喪地垂下肩膀。

「……居然兩個人都拒絕了。這打擊可真大。」

「沒辦法，畢竟不是每個人都像你這麼傻。」

不過那個武士少女，或許是跟你不同類型的笨蛋呢——」

說著說著，蕾賽緹回想起剛才那兩個學弟妹……儘管最後都婉拒了邀請，但蕾賽緹對兩人的印象並不壞。因為兩人都表現得通情達理，也會替談話的對象設想。以在金伯利遇見的人來說，這已經足以讓蕾賽緹對兩人抱持好感了，但即使如此——

「——但那個少年就不同了。那是貨真價實的魔法師的臉。」

「——等等，奧利佛！」

尚未擺脫複雜情緒的少年走在走廊上時，聽見後面傳來一道活力十足的聲音。他一轉頭，就看見一張耀眼的笑臉。

「奈奈緒，妳已經出來啦……妳也拒絕了嗎？」

「嗯，拒絕了。這個邀請確實很有魅力，但在下更想待在你身邊。」

「——唔——」

少女理直氣壯地如此回答，讓奧利佛感覺胸口揪了一下。接著東方少女走到少年旁邊，凝視著他的臉。

「……雖然不能算是之前的回禮。」

「……？」

「奧利佛，可以借一下你的手嗎？」

少女一臉嚴肅地詢問，少年困惑地伸出右手。少女用雙手包住那隻手，用力抱在胸前——她像是在祈禱般閉著眼睛，輕聲低喃。

「——即使這只是虛假的感情……至少請允許在下抱著你的手。」

「——咦？」

這段莫名其妙的話，讓奧利佛露出困惑的表情。像是為了消除少年的疑惑般，奈奈緒恢復笑臉放開他的手，率先踏出腳步。

「沒事……去上下一堂課吧！」

下一堂課是鍊金術。聚集在教室等待上課的學生們，心裡都在意著同一件事。

「——今天會是誰來上課啊？」

「自從那個老師失蹤後，就一直是由不同的老師代課呢。」

「只要不是爸爸，誰來都好……」

雪拉嘆著氣說道。她的父親西奧多是個特立獨行的人，所以在由他擔任代課老師時，最頭痛的人就是雪拉了。奧利佛看著她的側臉想著——為了不讓她再繼續這樣傷神下去，希望正式的新老師能夠早點赴任。

「嘿咻，嘿咻——啊～總算順利抵達了。」

此時，一個身材苗條的男性抱著一箱教材走進教室。在學生們的一齊注視下，那個人將教材放到講臺上，用手背擦了一下額頭的汗。

「呼——呃，那個，初次見面。我是從今天開始負責教鍊金術的泰德．威廉斯。雖然我沒信心能代替達瑞斯，但之後我們就一起努力吧。」

男子伸手撫平長袍的皺褶，露出有些懦弱的微笑，然後爽朗地自我介紹。雪拉率先代替其他學生舉手發問。

「不好意思，我確認一下——您是正式的鍊金術老師嗎？不是只有今天來代課？」

「嗯？對啊。從今天開始都會一直由我來上課……難、難道妳有什麼不滿嗎？」

「不，完全沒有！不如說是非常歡迎，威廉斯老師！」

雪拉以燦爛的笑容回應一臉不安的老師。奧利佛因此露出苦笑，叫泰德的老師則是鬆了口氣似的用手按著胸口。

「那就好。呃……馬上開始來上課吧。請打開教科書的第八頁。」

簡短打完招呼後，新鍊金術老師就立刻開始上課。他先大略確認課程進度，然後要求學生們點燃爐火，確認大家的實作能力。接著泰德在教室內來回走動，檢查學生們是否有按照他的指示調合魔法藥。

「啊，你這邊弄錯了。這邊說的『滿月之草』不是指一般的『滿月草』，而是上一頁記載的那個長著黃色圓葉的藥草……這裡的說明確實不太好懂，之後我會向出版商反映。」

「每次都要好好把小刀洗乾淨。我知道你們嫌麻煩，但如果在切素材時摻到其他成分，會影響最終的調合……偷偷告訴你們，我在學生時代有調查過這個步驟是否真的那麼重要。本來以為應該沒什麼影響，結果有的藥效最後降低了五成，讓我當時深刻反省。」

「你用鍋子時很細心呢。我以前當學生時都疏於保養，害鍋子生鏽得很嚴重，重新打磨了好幾次。明明知道每次用完都要塗油，但就是會偷懶……結果鍋身變得愈來愈薄，最後終於被大火燒穿了。偏偏當時裡面是在做『生毛劑』，害我跟周圍的人都變得像雪怪一樣全身長滿毛。雖然我後來拚命向大家道歉，但那真是段有趣的經歷呢。」

除了指出錯誤以外，泰德還會稱讚表現不錯的學生，並摻雜一些閒聊舒緩氣氛。這堂課的氣氛前所未有地安詳，時間也一晃眼就過去了。在鐘響後，泰德停止指導走回講臺，再次對學生們露出微笑。

「今天就上到這裡。看來大家都很認真，讓我鬆了口氣。回去記得預習剛才說的那十頁。內容不多，等今天吃完晚餐再看就好。

那麼，下次上課見。」

泰德指示完預習範圍就乾脆地離開教室。學生們一臉驚訝地目送他離開。

「……我是在作夢嗎？感覺上了一堂很正常的課……」

「……我也這麼覺得，感覺就和普通學校的老師一樣……」

卡蒂和皮特的話說明了一切。他們不僅沒有被老師強烈的個性震懾，也沒被迫完成稍有差池就會受重傷的課題，課堂上更是沒有發生任何騷動——在過去的記憶中，從來沒有任何學科的第一堂課能這麼和平地結束。凱懷抱著像在作白日夢的心情，搔著後腦杓說道：

「難得中了一支好籤呢。無論如何，幸好新老師沒那麼嚇人。對吧，奧利佛。」

「……是啊。不過這只是第一天，還沒辦法確定……」

奧利佛將道具收進書包裡，慎重地回答——即使第一印象良好，還是不能放心。畢竟這裡是金伯利。如果覺得有老師看起來沒有武器，那應該不是「沒有」，而是「隱藏」起來了。

「……剛才的課我有些地方不太明白，想去找老師問一下。你們不用等我。」

如果只有好印象，反而更讓人不安。為了多了解新老師的為人，奧利佛快步走出教室追在泰德後面——結果經過走廊轉角前時，他聽見前方傳來有人說話的聲音。

「——泰德，第一天上課的感想如何？」

「路德，我從頭到尾都好緊張，一直在擔心會不會讓學生們失望。」

「以你的水準應該是不太可能。你可以再有自信一點，畢竟是達瑞斯親自推薦你。」

其中一個聲音是泰德，但奧利佛對另一個聲音也有印象。那是魔法劍老師，路德．嘉蘭德的聲音。奧利佛消除氣息，停下腳步偷聽兩人的對話。

「這才是最讓我驚訝的事情……沒想到達瑞斯居然會推薦我接任。他明明從來沒跟我提過這件事。」

「是嗎？我從學生時期就經常聽他提起你。說你調合的手法樸素但很得要領，只要喝了你做的藥，狀況就會變很好。」

「我完全不記得他有說過這種話！他每次只要開口就會損我。像是想法太過古板，或是單純攪拌鍋子誰都會之類的……」

泰德愈講愈小聲，嘉蘭德也苦笑著回應：

「那我也差不多。除了少數擅長的領域以外，我也總是輸給達瑞斯。所以我才堅持至少魔法劍不能輸他……本來以為我們這樣的關係能一直持續下去。」

嘉蘭德講這段話時的語氣十分無力，完全不見平常毅然的態度。隔了一段漫長的沉默，泰德的聲音再次響起。

「……他真的沒有任何回來的跡象嗎？」

「至少校長是這麼認為。搜索行動也很早就中止了。」

「……這樣啊……不過達瑞斯應該沒那麼容易死吧……他不是很強嗎？甚至不會輸給專業的異端獵人……」

「我也這麼認為……所以希望至少能查清楚是什麼原因。」

嘉蘭德的聲音摻雜著羞愧。此時，兩人的對話突然中斷。

「……是誰在偷聽？」

「——唔？」

奧利佛的心跳瞬間加速——怎麼可能，明明離這麼遠？

他快速思考了一下——冷靜點，不需要慌張。只要說自己有問題想問泰德老師，所以在等他們講完就好。

不，這樣真的沒問題嗎？如果被問到為何要消除氣息怎麼辦？最妥當的方法，應該是說對失蹤的達瑞斯老師的事情感到好奇，然後針對偷聽的事情道歉，這樣也不完全是說謊。

但真的有辦法蒙混過去嗎？自己可是殺了達瑞斯．格倫維爾的凶手，在嘉蘭德面前，在那個擔心失蹤友人的男人面前，自己真的能夠自然地躲過他的追究嗎？

「……唔。」

奧利佛沒有信心能做到。在做出這個結論後，他立刻展開行動。

少年環視腳邊，發現走廊角落有隻常在校舍內出沒的玉鼠。奧利佛抱著有比沒有好的心情，拔出白杖朝那裡發出魔力波，然後趁玉鼠發現的瞬間橫向移動魔杖。他刻意讓自己的魔力被探測到，藉此「轉移」玉鼠的注意力，讓牠跑向轉角的方向。

與此同時，奧利佛消除自己的氣息往反方向跑。他捨棄最近的一間空教室，選擇溜進另一間還有許多學生在的教室。要藏樹就要藏在森林裡。他讓自己混進一群正在閒聊的學生當中——

同一時間，兩位教師一起看向從轉角跑出來的玉鼠。過不久，泰德輕笑著說道：

「哈哈，路德你真厲害，連玉鼠的氣息都能發現。」

「……剛才那不是小動物的氣息。」

「那是學生在惡作劇嗎？我們以前也常利用老師練習隱形呢。」

泰德回想起學生時代，輕鬆地說出其實還滿危險的往事。嘉蘭德聽見這句話後，總算放鬆了肩膀的力氣。

「……是啊，確實沒什麼好在意的。」

嘉蘭德點頭回應，轉身和泰德一起離開，同時檢討自己最近似乎有點太敏感了。

奧利佛混在一群學生裡離開教室，持續在走廊上走了五分鐘——等周圍完全沒人後，他總算鬆了口氣。

「……呼、呼……！」

少年靠著牆壁喘氣，之前持續緊繃的神經發出哀號。他深刻地體會到，原來從金伯利的教師那裡盜取情報是如此艱辛的事情。

「——您的表情看起來不太好呢。」

「？」

就在這時候，旁邊突然傳來別人的聲音。這次奧利佛沒有時間猶豫，直接拔出杖劍往右砍。

從手感知道自己揮空的奧利佛一往旁邊看，就發現有個熟悉的嬌小少女站在離劍尖約兩英吋的地方。沉默了幾秒後，少年用力嘆了口氣。

「……又是妳啊，Ms.卡斯騰。妳這樣嚇我有什麼好處。」

「失禮了。畢竟我已經習慣隱密行動。」

有隱形能力的少女——泰蕾莎．卡斯騰若無其事地回答。奧利佛收起杖劍。緊張和放鬆之間的情緒落差實在太大，讓他現在連生氣都提不起勁。

「不用找這種蹩腳的藉口……找我有什麼事？」

「一定要有事才行嗎？之前不是有說過我會像隻小狗般黏著您嗎？」

少女再次以戲謔的語氣回答，但奧利佛這次瞪了她一眼。泰蕾莎以眼神致歉，重新開口：

「開玩笑的，我是想趕緊向您報告一件事——今後無論是以何種形式，最好都不要接近路德．嘉蘭德。即使是在教師當中，那個男人也算是與眾不同。就算我在萬全的狀態下隱形，還是偶爾會被他察覺——這樣您明白他有多麼異常了嗎？」

「……嗯，不如說是太明白了。」

泰蕾莎的忠告，讓奧利佛再次體會到自己的輕率……既然打算在這個地方暗中行動，他當然也有學會隱形的技術。剛才的偷聽也是比照過去的經驗，覺得「離這麼遠應該不會被發現」，結果卻是這樣。就是因為有些人無法用常識來衡量，才會需要泰蕾莎這種特殊的密探。

少年嚴格地自我反省，但如果繼續站著說話反而容易引人注目。奧利佛以視線指示泰蕾莎，要她跟著一起走。過沒多久，少女就靜靜向他搭話。

「雖然之前覺得沒有報告的必要，但其實在奧菲莉亞．薩爾瓦多利引發騷動時，我曾在迷宮內看見路德．嘉蘭德。」

「——咦？」

這個出乎意料的報告，讓少年大吃一驚。泰蕾莎維持一定的步調走在他旁邊，繼續說道：

「那是在第三層，為了橫渡沼澤而與各位分開行動後發生的事情。儘管最後沒來得及在絕唱展開前會合，但我晚一步橫渡沼澤後，就立刻開始追蹤你們，結果在路上看見那個男人。他毫不隱瞞自己的氣息，持續擊倒來襲的合成獸。」

「…………」

「這很明顯違反了『教師必須在學生遇難後八天才能展開行動』的原則，但他看起來也不像是在尋找奧菲莉亞．薩爾瓦多利的工房。我實在無法判斷他的意圖，不曉得您怎麼想？」

泰蕾莎說明完後，向少年問道。奧利佛邊走邊思考。

「……大概是等不到八天後吧。」

「……您的意思是？」

「作為金伯利的老師，他當時無法主動參加搜索，所以才偷偷在第三層減少合成獸的數量，藉此間接協助戈弗雷學生主席他們的搜救行動。」

少年在檢討過許多可能性後，找出一個最能接受的推測。泰蕾莎用手扶著下巴思索。

「不好意思……請問您如此分析，是有什麼根據嗎？」

「沒有。硬要說的話就是人品……他也可能是有其他目的。」

奧利佛以僵硬的聲音如此回答。有隱形能力的少女凝視著他的臉。

「換句話說，您對路德．嘉蘭德這個人抱持著好感——」

「…………」

少女淡淡地說著，並用宛如爬蟲類般缺乏感情的視線盯著少年。這並非從今天才開始的事情，奧利佛在與她接觸時，經常有這種感覺。對泰蕾絲．卡斯騰來說，奧利佛．霍恩不僅是主人，同時也是最主要的觀察對象。

「在這樣的前提下，您覺得那兩人剛才的對話如何？」

少女的問題像針一樣刺在少年的心上。這已經不是「試探」，根本是「測試」了。奧利佛以銳利的視線看向她——但此時少女的身影忽然消失了。

「我講話太沒分寸了，還請見諒。那麼，我先告辭了。」

不知來自何處的聲音傳進少年耳裡後，少女就連剩下的氣息也完全消失。奧利佛抱著羞愧的心情用力咬緊牙關。他知道除了同伴以外的人，全都可能變成敵人，但要是那些敵人全都是能讓他感到憎恨的人，不曉得會有多麼輕鬆。

下樓前往餐廳的期間，奧利佛的心情只能用差勁透頂形容。明明有許多該思考的事情，但陰暗的感情持續擾亂他的思緒。明知道這樣下去不行，他還是無法擺脫這些心情。

「嗨，妳週末有空嗎？要不要一起去喝個茶。」

「不需要連這種程度的邀約都拒絕吧。你應該也有興趣吧？」

尚未擺脫苦惱的奧利佛一進餐廳，就看見有人在對同伴搭話。跟上次一樣，是有人在邀請奈奈緒和皮特。因為是同學年的學生，所以奧利佛姑且知道他們的名字，但以交情的程度來說，那些人的態度實在有夠厚臉皮。

「…………」

少年頓時感到非常煩躁。平常總是能好好壓抑情緒的自制力，已經被各種雜念消耗殆盡。他加快腳步，快速穿越人群前往同伴所在的桌位。

「——啊，奧利佛。」「那兩個人又被纏住了——」

卡蒂和雪拉向奧利佛搭話，但他甚至連兩人的聲音都沒聽進去。少年站到奈奈緒和皮特面前，

擋在他們與搭訕者之間。

「——我們六個人週末已經約好要出去玩了！」

他不容辯駁地說道，同時用力將手拍在桌上。不只是搭訕者，就連其他同伴都被奧利佛一反常態的氣勢給嚇了一跳。在周圍的注目之下，被奧利佛狠狠瞪視的兩名學生戰戰兢兢地開口：

「呃，那個……」「那也讓我們加入……」

其中一人依然不肯死心，但這像是火上加油般，讓少年的表情變得更為凶險。那彷彿隨時會拔出杖劍的模樣，讓兩名學生一齊後退。

「——果然不方便吧！對不起！」「打擾了！」

兩人立刻轉身逃跑。雖然奧利佛依然持續瞪著對方，但他們的身影很快就消失在人群當中。

「……呼……！」

像是總算將心裡的鬱悶都發洩出來般，奧利佛忘記入座就直接吐了口大氣。卡蒂凝視著他，有些畏縮地開口：

「……奧、奧利佛，難得看你這麼激動……」

「大概是心情不太好吧。過來喝點白葡萄汁冷靜一下。」

凱安撫似的輕拍少年的肩膀，遞了一杯飲料給他。奧利佛將飲料一飲而盡後，總算恢復冷靜。

一直在旁觀望的雪拉，稍微思索後開口：

「……既然如此，可不能讓奧利佛變成騙子呢。」

少年難得表現出情緒化的一面，雪拉從中察覺他累積了不少精神上的疲勞——而她當然不會對這樣的朋友置之不理。縱捲髮少女立刻想出對策，向大家提議：

「這是個放鬆心情的好機會——大家週末一起去伽拉忒亞玩吧。」

第三章

Magicity
魔法都市

金伯利是全體住宿制的學校，所以學生們大部分的時候都是在校內用餐。餐廳提供的料理種類豐富，許多商店也會頻繁地進貨，只要拜託裁縫妖精，甚至能夠訂製新的衣服，所以日常生活幾乎沒有任何不方便的地方。

只是這裡並不安全。金伯利的日常生活充滿了各種足以蓋過這些優點的危險。學生們在第一年時會被迫體會到這點，並通常在升上二年級時迎來第一次極限，產生「我受夠了，好想去外面」的想法。

這種時候，他們會不自主地被吸引到某個地方。

「……嘿咻……！」

在眼前的地面發現降落場的標記後，騎在掃帚上的凱率先降落。在腳著地的瞬間，他因為沒控制好速度而整個人往前倒，奧利佛等人跟著降落時，少年剛好穩住姿勢——

「——唔喔喔——！自由啦——！」

然後對著眼前的光景，將一年份的鬱悶全都喊了出來。

首先映入眼簾的，是被格子狀的圓頂分隔的天空。天窗底下有許多條街道，降落場前方的大街上有許多人漫步。街道兩側有許多民宅和店鋪，但只要往上一看，就會發現有些店像蓑衣蟲般懸吊在圓頂底下。那些店要用飛的才能造訪。

上空有好幾條用光標示的道路，許多掃帚和飛毯在那裡來來往往，人和貨物都忙碌地在天地之間穿梭。離這裡最近的廣場有用魔法控制的噴水池，在空中畫出壯觀的圖案，附近的商店街也不斷傳來招攬客人的聲音。

「……好久沒來了，這裡原本有這麼熱鬧嗎？」

卡蒂看著這幅喧嘩吵雜的景象，不禁輕聲低喃。至於雪拉則是輕輕按住凱的肩膀，阻止他往街道直接衝出去。

「冷靜點，凱。我明白你的心情，但突然大喊會嚇到路人吧。」

「不……他們看起來沒被嚇到，反而是以溫暖的視線看向這裡……」

皮特環視周圍如此說道。無論是在他們之前降落的魔法師，還是在路上行走的普通人，都一臉微笑地看了他們一眼就離開了。這個反應讓奧利佛露出苦笑。

「唉，我想也是……他們應該很習慣從金伯利來這裡玩的學生放縱的模樣了。」

「……的確，我現在也在努力壓抑興奮的心情……」

卡蒂抑制著充滿全身的衝動，一旁的奈奈緒也跟著眺望街道的景象。

「在下也好久沒來這裡了，入學前在下曾在這裡住過幾個月。」

「啊，原來如此，妳入學前就是在這裡學英語嗎？這裡住起來怎麼樣？」

「還算方便。周圍的人得知在下將會進入金伯利就讀後，就對一無所知的在下非常親切。」

奧利佛點頭回應，重新看向前方。

「我想也是……這裡的居民對金伯利的相關人士應該都很有好感。附近有間名校，能為整座城市帶來各種利益。因為這讓雙方互相產生了需求和供給……所以儘管隔了一段距離，這裡實質上仍算是學園都市。就算那些利益當中，有一部分得用來『填補損失』也一樣。」

「所以這裡是學生們非常喜歡的假日遊樂場所。畢竟這裡既舒適，又能受到居民的歡迎。」

雪拉說話時，一群學生在六人背後降落，然後意氣風發地衝進市內。縱捲髮少女側眼看了那些人一眼，毅然轉向已經蠢蠢欲動的同伴們說道：

「……不過！我還是必須狠下心先提醒你們一件事情。你們五位聽好了——」

「妳想說身為歷史悠久的魔道名校學生，我們不能讓這個名號蒙羞對吧？我知道啦。」

雪拉沒料到凱會搶先說完後續的話，頓時啞口無言。卡蒂和皮特也在一旁抱胸沉思。

「……不能讓金伯利的名號蒙羞，那要怎麼做才好……」

「我也正好在想同一件事。」

兩人露出苦惱的表情。畢竟他們根本不知道金伯利的學生在面對「外面」的人時該怎麼做。奧利佛見狀，立刻開口說道：

「反過來想，不如說應該暫時收起金伯利的常識……首先是不能隨便拔出杖劍，並盡可能不要招惹麻煩，就算真的不幸被捲入了，也不能忘記這裡的『衝突』不等於『互相殘殺』。即使對手是魔法師，也不能隨便用咒語攻擊。」

奧利佛對這一年來已經習慣魔境的同伴們提出忠告，卡蒂聽了便露出尷尬的笑容。

「……嗯，你說的沒錯……不可以那樣做……雖然這些在金伯利都是司空見慣的事情……但其實不能這麼做呢……」

「別哭，卡蒂，這樣會害我也想哭。」

凱強忍著眼淚說道。短暫回到正常生活後，他們鮮明地想起自己最近待的環境是多麼異常。看不下去的縱捲髮少女開口鼓勵兩人：

「你們兩個把頭抬起來，我們今天來這裡就是為了暫時忘記那些血腥的事情。該出發了！大家好好跟著我！」

雪拉率先踏出腳步，剩下的成員也緊跟在後。六人混進大街上的人潮，一面小心不要走散，一面開始逛街。

「……這裡人好多喔，不論是魔法師還是普通人……！」

「嗯，這座城市的人口有八成是普通人，但從第一級產業到第三級產業，他們的生活都毫無例外地與魔法密切相關，可以說是典型的魔法都市。」

「喔，有賣熱三明治的攤販耶！」

一行人漫步閒聊，凱立刻就發現有興趣的店家並衝了過去。其他五人在路邊等了一會兒後，凱就抱著一個大紙袋回來。

「哇，好大……！」

「凱，一下就吃這麼多沒問題嗎？我們晚點可是要去餐廳吃飯喔。」

「別小看農家子弟的胃口。我從小就一天吃五餐。而且根據我的經驗，普通人做的餐點通常都比較好吃。」

說著說著，凱打開紙袋，裡面裝著被切成適當大小的熱騰騰三明治。高個子少年抓了一個來吃後，瞬間睜大眼睛。

「──嗯嗯！好吃！喂，你們也來吃吃看！」

凱的反應引起其他人的興趣，讓他們也跟著伸手拿了三明治，眾人在品嚐後一同露出了驚訝的表情。

「──咦，好好吃！這用的是什麼醬啊？」

「的確是沒吃過的風味。」

「我過去問！幫我拿一下！」

凱將紙袋交給卡蒂，穿越人潮跑去攤販那裡。在奧利佛等人的注視下，凱和老闆聊了幾句就立刻跑回來。

「我問到了！是用番茄發酵製成的靴國調味料！那個醬最近在這裡也很受歡迎呢！」

「原來如此，靴國啊……我聽說那裡是個注重美食的國家，難怪這麼好吃。」

「真是美味！在下要再吃一個！」

「……啊，全都沒了？奈奈緒，妳該不會連我的份也吃了吧？」

凱原本打算吃第二個，但紙袋裡面已經只剩下褐色的麵包屑。奈奈緒吃完第三個後露出滿足的

表情，凱則是抱著頭懊悔不已。周圍的同伴們忍不住笑了。在奈奈緒面前留下沒講清楚屬於誰的食物是個敗筆。

「金伯利的魔法師們，進來看看吧。這裡有賣很多幫助念書的商品喔。」

此時，背後突然傳來聲音。六人為了避開人潮來到路邊，但這裡也是某家店的前面。六人順應老婦人的呼喚進入店內，發現那裡放了好幾個擺滿各種商品的架子。相較於店家的規模，這裡的商品種類意外豐富，讓凱興奮地喊道：

「唔喔，這是十倍濃縮的記憶藥！我第一次看見真品！聽說只要喝一瓶，接下來的一小時就連地板上有幾道傷痕都不會忘記！」

「咦，真的嗎？如果這麼有效就買幾瓶……」

「皮特，還是算了吧。雖然真的有效，但也會同時記住大量多餘的情報，最後只會造成反效果。如果用來考試前臨時抱佛腳也就算了，但平常要用的話，我會幫你準備適當濃度的藥劑。」

「這、這樣啊。我知道了。」

奧利佛立刻向受到朋友的影響，準備伸手拿藥的皮特提出忠告。眼鏡少年坦率收回手的樣子，讓雪拉輕笑了一下。如果剛才說話的人不是奧利佛，皮特一定會開口反駁吧。

「哇，這枝筆的裝飾好漂亮！而且好精細，不曉得是哪裡的魔法師加工的！」

「哈哈哈。這位小姐，當然是普通的工匠做的。」

「咦……？不會吧，不用魔法就能加工成這樣？是怎麼做到的？」

那是一枝放在展示櫃裡，上面有著一角馬裝飾的鋼筆。看那枝鋼筆看得入迷的卡蒂，在聽見老婦人的說明後一臉驚訝。雪拉也站到她旁邊看向那枝筆。

「相較於魔法師的杖工藝，這應該就是所謂的手工藝吧。我們不管做什麼都會依賴魔法，所以有些技術也因此衰退。這種不需要魔法的加工技術就是其中一種。」

「對在下的故鄉來說，這樣才是常態。不過在下也沒在市集上看過這麼精細的工藝品。應該是出自知名工匠之手吧。」

奈奈緒也加入對話，佩服地看向那枝鋼筆。卡蒂在一旁思考了一會兒後，下定決心轉向老婦人說：

「……請問，這枝筆多少錢？」

「這枝筆的價格是八千貝爾庫。小姐，妳要買嗎？」

這個價格讓少女稍微往後仰，然後沮喪地垂下肩膀。

「好、好貴……！可以買兩本專業書籍了……！」

「考慮到製作需要花費的心力，這個價格還滿合理的。這裡也有賣便宜的杖工藝商品喔。」

「……這邊確實比較便宜……但一看就覺得是量產品……」

「所以才便宜啊。這些應該是叫使魔做的吧。」

在雪拉打量這裡的商品時，卡蒂猶豫地看向堆在她旁邊架子上的筆。最後因為預算問題，卡蒂只買了兩枝便宜的筆。六人在店裡逛了一圈後才離開。因為看到許多商品而大感滿足的凱，開心地走在路上。

「也有很多魔法道具和日常用品混在一起賣呢。普通人也會買那些東西嗎？」

「如果是可能對身體造成危害的記憶藥，店家應該會拒賣，但其他東西應該會買吧。實際上也有許多專門賣『適合普通人的魔法道具』的店。」

奧利佛看著路旁的店回答。一旁的奈奈緒懊惱地說道：

「……感覺這方面的界線比想像中還要模糊。根據在下故鄉的傳說，西方的咒術師都是在遠離人煙的森林深處偷偷攪拌鍋子。跟眼前的實際狀況差好多。」

「那是什麼，聽起來真有趣！我們被認為會像精靈那樣住在森林裡嗎？」

「——不，那樣說也不能算錯。」

奧利佛用手托著下巴低喃，同時試著想像奈奈緒的故鄉為何會留下那樣的傳說。

「奈奈緒說的那種魔法師，是魔法產業革命前的狀況。在魔法師成為支配階級統治人類社會前——他們通常不會與普通人交流，只會建立自己的聚落，或是作為隱士孤獨地在偏遠地區生活。」

「那是在聯盟成立前，或是加盟國還很少的初期狀況吧。當然，也有一些魔法師被當時的統治階級納入麾下重用，但整體來看只是少數……雖然我們現在與普通人建立了良好的關係，但絕對不是從一開始就這麼順利。儘管現在很難想像，但據說也有曾經被他們排擠和迫害的時期。」

雪拉感慨地補充道。卡蒂佩服地聽著，然後被停在路邊的巨大地毯吸引了注意力。原本在停靠站等待的人們一一乘上地毯的景象，讓她眼睛一亮。

「啊，是共乘飛毯！我喜歡那個！要不要去搭搭看？」

「咦？妳還真是喜歡些怪東西。魔法師騎自己的掃帚就行了吧。」

「那也算是魔法都市的特色之一。既然卡蒂想搭，就去試試看吧。」

六人接受卡蒂的提議，一同乘上飛毯。等停靠站沒人後，在最前面盤坐的駕駛就用手拍了一下飛毯表面，原本鋪在地上的飛毯輕輕浮起，載著二十幾個乘客飛上空中。

「飛行地毯(carpet)啊……雖然地毯目的小型種還滿常見的，但這種大型種只有在魔法都市才有，坐起來還滿舒服的。」

「唔，總覺得輕飄飄的，讓人靜不下來。」

「…………」

「皮特？怎麼了，你的臉色看起來不太好。」

「……我想起以前踩到野生的飛毯，然後整個人被翻過來的事情。」

「哈哈哈，我懂！我也曾經被野生的掃帚踢過胯下！」

凱笑著回答，奧利佛也因為想起自己小時候的回憶露出苦笑——飛行性的魔法動物和人類的生活關係密切，所以即使成長環境不同，大家還是會有類似的回憶。

卡蒂看著位於下方的伽拉忒亞街景，輕撫飛毯的背。

「你的毛有點亂呢，畢竟每天都要載很多人，所以這也沒辦法……真想幫你梳毛。」

「卡蒂還是一樣溫柔呢，但改天再找機會吧，下一站快到了。」

如同雪拉所言，他們搭乘的飛毯沒過幾分鐘就開始下降，然後在路邊著地，讓六人再次踏上街道。奧利佛對照腦中的地圖，確認這裡離上一站至少有一英里以上。從這移動速度來看，也難怪普通人會覺得飛毯方便。

「我們逛街也逛得差不多了，去吃午餐吧。因為是第一次，所以我預約了一間有名的店，應該沒關係吧？」

「我等不及了！肚子好餓！」

「那還真是令人期待！」

兩個貪吃鬼一同發出歡呼。六人在雪拉的帶領下，直接前往午餐的餐廳。

不出所料，雪拉預約的「鈴蘭亭」生意非常好。

擁擠的店內密集地擺了幾張木紋桌，掛在天花板上的燈看起來極為老舊。由於窗邊擺滿了標示多國語言的酒瓶，表示這裡並非餐廳而是酒吧。

奧利佛等人在店內的角落入座後，廚房內就響起「歡迎光臨！」的聲音，幾張菜單也跟著飛到他們桌上。看來是要他們在店員來之前決定好點什麼。即使是大眾餐廳，這裡接待客人的方式也太隨便了，但奇妙的是這反而讓人覺得爽快。

「哇喔，真是熱鬧！」「雪拉，這裡什麼好吃？」

「聽說這間店賣的是大英魔法國的傳統料理。在金伯利的餐廳能吃到各個國家的料理，但也因此缺少能夠『代表特定國家』的正統料理。所以我想來這裡吃。」

「尤其奈奈緒和卡蒂都是從國外來的……話先說在前頭，雖然這裡的料理不像靴國或蘭國那麼精緻，但相對地吃起來也比較有滋味……至少我是這麼覺得。」

「不需要在吃之前就預設防線啦……總之應該要先點一份炸魚薯條吧？」

「嗯，牧羊人派也是必點之一。再來就是香腸之類的——」

「啊，我想吃這個鰻魚凍！」

卡蒂指向一串位於菜單角落的文字，但她這句話瞬間掀起了一陣騷動。

「……卡蒂，一開始就要挑戰這個啊……」

「……儘管菜單上確實有這道菜，但我剛才不自覺就忽視它了……」

「咦……你、你們這是什麼反應？這很有名吧？難道不好吃嗎？」

「在下也很喜歡鰻魚。」

卡蒂納悶地問道，一旁的奈奈緒也一臉困惑。兩人的反應讓凱雙手抱胸，陷入沉思。

「……雪拉，妳覺得如何？」

「……在味道方面，我不想提出太主觀的意見。畢竟我爸現在很喜歡吃，還曾經一次吃下一大碗……」

「……我不予置評。」

卡蒂和奈奈緒以外的四人表情凝重地陷入沉默……但這反而引起了卡蒂的興趣，讓她替自己點了一份鰻魚凍。店員很快就過來幫忙點餐，然後回到廚房。在料理送來前，六人開心地閒聊。

「不好意思，各位年輕的魔法師，方便打擾一下嗎？」

然而桌外突然傳來聲音。他們一回頭，就發現一個看似普通人的老婆婆帶著一位年輕女性站在那裡。確認兩人的確是看向這裡後，奧利佛代表大家答話。

「這位女士，請問妳找我們有什麼事……？」

「我們想拜託你們一件小事——可以請你們幫我的女兒施展魔法嗎？如你們所見，她已經懷孕七個月了。」

如同老婆婆所言，那位女性明顯是個孕婦。他們一確認這點，老婆婆就立刻繼續說道：

「我們全家都希望她能生下一個健康的孩子，但要是這孩子有魔法的才能就更好了。所以才希望你們能分一點幸運給他。」

這個願望讓六人面面相覷。幾秒鐘後，奧利佛代表大家回答：

「很遺憾，我們無法讓肚子裡的孩子變成魔法師，但我可以施個簡單的魔法，祈禱她能夠順利生產，不曉得這樣你們能不能接受……」

「當然可以，這樣就行了。這孩子一定也會很高興。」

老婆婆露出充滿皺紋的笑容，指示背後的女性站到奧利佛面前。少年將手中的白杖指向女性隆起的腹部，嚴肅地詠唱咒語……話雖如此，那個咒語的效果就只有在不對母親與胎兒造成負面影響的情況下，稍微促進健康而已。

「……非、非常感謝！」

「太好了！這樣這孩子一定能成為出色的魔法師。真是太幸運了。」

那對母女當然不明白奧利佛的體貼，道了幾次謝後就回到自己的座位。奧利佛目送兩人離開，重新轉向同伴輕輕嘆了口氣。

「……那樣的習俗至今仍根深蒂固。除了少數例外，根本就無法預測普通人父母生下的小孩是否具備魔法的才能，這點就連我們也無法改變。」

「是啊……不過我能理解想盡可能為孩子多做一點事的心情。畢竟對普通人家來說，生下魔法師這件事就是如此重大。不僅是本人，甚至能改變整個家族的未來。」

雪拉試著站在對方的立場說明，一旁的皮特輕聲低喃：

「……也不是只有好事而已。」

「？皮特，你剛才說什麼？」

「沒什麼啦。」

皮特搖搖頭，將卡蒂的問題蒙混過去。就在這時候，店員剛好端菜過來了，有剛起鍋的炸魚薯條、一切就流出濃厚肉汁的派，以及煎得微焦的香腸——凱一看見期待已久的大餐，就敲響手中的刀叉。

「喔，總算來了！喂，我可以在炸物上淋醋嗎？」

「凱，你還是移到自己的盤子後再加比較好……這道菜也來啦。」

奧利佛提醒凱後，低聲嘟囔——在那些一看就知道很美味的菜色當中，摻雜了一個散發異樣存在感的料理。在布丁狀的淡黃色肉凍裡，能看見被隨意切成小塊的魚肉。這外觀講好聽一點是有個性，難聽一點是讓人不安。

「卡蒂，這就是鰻魚凍。請讓我聽聽妳誠實的意見。」

奧利佛用湯匙挖了一人份放在小盤子上，然後遞給捲髮少女。

「……我、我開動了。」

整張桌子都陷入沉默。卡蒂在異樣的緊張感中，用湯匙挖了一口鰻魚凍送進嘴裡，放在舌頭上慢慢咀嚼。

「…………」

「卡蒂，我國的名菜味道如何？」

「……她一臉凝重地僵住了。」

「我覺得她是在拚命思考怎麼形容。」

「嗯？那在下也來試吃看看。」

奈奈緒也挖了一些鰻魚凍到自己的盤子，然後送進嘴裡。然而當她將食物嚥下後，也一樣陷入沉默。

「……奈奈緒……？」

「…………」

東方少女一語不發，機械式地持續用湯匙吃著料理。兩口、三口、四口——她像在履行什麼義務般，不斷重複相同的作業。周圍的人立刻發現她的異狀。

「……喂，等等！我第一次看見奈奈緒這麼面無表情地吃飯！」

「冷靜點，奈奈緒！如果不合妳的口味，可以不用勉強吃！」

「……沒問題。食物全都是來自天地的恩惠，不可以浪費……」

「我明白了！我們大家會一起把它吃完！所以妳先停下來！」

看不下去的奧利佛從奈奈緒手中搶走料理。雪拉、凱和皮特也一起幫忙，把剩下的鰻魚凍吃得乾乾淨淨。在空盤子的面前，奧利佛嘆了口氣放下湯匙。

「雖然我也很久沒吃了，但這跟我記憶中的味道一樣……奈奈緒，妳也喝點蘋果氣泡水換換口味吧。」

「感激不盡。」

奈奈緒收下飲料，一飲而盡。接著她放下杯子吐了口氣，在沉默了一會兒後，緩緩將臉轉向旁邊的少年。

「……奧利佛，你可以把臉靠過來一點嗎？」

「嗯……我臉上沾了什麼東西嗎？」

奧利佛困惑地轉向少女。奈奈緒用雙手托著他的臉頰，近距離凝視對方的臉。

「…………」

「…………？」

少年因為無法明白對方的意圖陷入困惑，但少女突然將雙手繞到他的頭後面，接著臉上就傳來柔軟的觸感，眼前的視野也突然被遮住。

奧利佛瞬間呆了一下，但過不久就因為察覺自己的狀況全身顫抖。

「——什麼……！」

「咦？」「哎呀。」「喂、喂！」「喔，真是大膽。」

奈奈緒突然用力抱緊奧利佛的脖子。四人見狀，分別表現出不同的反應，但少年本人就連那個餘裕都沒有——一股清涼的味道竄入鼻腔，脖子後方傳來炙熱的氣息，臉頰上則是柔嫩的健康觸感。明明每一樣都很危險，現在卻一口氣被這些刺激突襲。

面對這個突如其來的猛烈攻勢，少年動員所有理性抵抗，然後做出不管怎麼想都太奇怪的結論——奈奈緒平常確實黏人，但從來不會沒頭沒腦地就做出這種親密接觸。

這表示背後有其他原因。奧利佛做出這樣的推測後，首先懷疑她剛才拿在手上的玻璃杯。他扭轉身子掙脫奈奈緒的擁抱，用單手制止仍想繼續抱過來的少女，將鼻子湊向玻璃杯。奧利佛一聞到意料之內的味道，就立刻轉向同伴們大喊：

「——是誰把酒放在桌上！什麼時候點的？」

「咦？我們只有點蘋果氣泡水吧？」

面對少年的質問，負責點飲料的凱一臉驚訝，雪拉則是立刻喝了一口自己的飲料。

「——不，這是蘋果酒。雖然製造方法很像，但中途沒有停止發酵。從酒精含量來看，已經能算是酒了。」

「呵呵呵呵呵，奧利佛～」

像是在印證雪拉的分析般，奈奈緒紅著臉趴在奧利佛身上。少年在感到虛脫無力的同時也接受了這個現實——她毫無疑問喝醉了。

但奧利佛換了個想法。既然這樣就簡單了。即使手法可能有些強硬，但只要把她喚醒就好。基於這樣的想法，他將手伸向腰間的白杖。

「——唔——」

在那之前，他的下腹部感到一股沉重的衝擊，背後也竄起一陣讓人暈眩的灼熱感。而另一股完全相反的寒氣讓少年確信——「這下不妙」。

他粗魯地推開奈奈緒，大腿也在用力起身時撞到桌子。即使同伴們都嚇得目瞪口呆，少年還是搖搖晃晃地轉身走向店內深處。

「咦——奧利佛，你要去哪裡？」

「……洗手間，可能會有點久。」

少年勉強擠出這句話，拖著蹣跚的腳步穿過桌子之間的空隙。被丟下的奈奈緒原本想追上去，但縱捲髮少女阻止了她。

雪拉用咒語替朋友醒酒，同時以嚴肅的眼神凝視奧利佛的背影。

「…………」

或許是考慮到有時候客人會很多，這間店的洗手間是設在店外的另一棟建築物內。奧利佛按照貼在牆上的說明從後門走出去，再穿過一扇開著的門進入別棟房子。

「……可惡……」

因為沒有別人在，奧利佛不再假裝平靜，將雙手扶在洗手台上。奈奈緒身體的觸感重新在腦中浮現，從下腹部往上竄的灼熱感不斷增加。他拚命調整凌亂的呼吸，對自己說道：

「……冷靜下來……在那之後都過幾個月了……！」

少年咬緊牙關，對自己的大意感到懊悔。因為最近兩個月都沒有出現症狀，與異性接觸時也沒有心慌意亂，所以他才以為已經完全「擺脫」了……究竟是因為奈奈緒在異性中也算是特別的存在，還是因為在毫無防備的狀態下有了親密接觸，又或者兩者皆是呢。

「……是後遺症對吧？」

「唔？」

背後突然傳來聲音，讓奧利佛驚訝地轉過身。熟悉的縱捲髮少女，正一臉凝重地站在那裡。

「雪拉……？妳幹什麼，這裡是男廁……！」

「沒辦法，因為我找你有事。」

雪拉在回答的同時走向少年，仔細檢查他的全身。凌亂的呼吸，額頭滲出的汗水，以及用力握緊的拳頭。她不用觸摸就能看出少年體內的魔力循環已經失去平衡。

「我再確認一次……是之前那件事的後遺症吧？」

她不給少年蒙混的機會，又再問了一次相同的問題。奧利佛迴避她的視線，焦急地低聲回答：

「……不是什麼嚴重的事。只是惹香的影響還沒完全消退而已……」

「明明在那之後已經過了將近四個月……這不用想也知道很嚴重吧！」

雪拉憤怒地駁回少年的說詞，進一步靠近他逼問：

「我知道這很難以啟齒，但請你老實回答……在那之後，你有接觸過異性嗎？不是像剛才那樣的意外，而是更確實的接觸。」

「…………」

「……看來是沒有。唉，我就知道是這樣。」

雪拉將少年的沉默視為否定，用力嘆了口氣。她維持嚴肅的表情再次開口：

「如果是凱或皮特也就算了，但你不可能不知道──如果想去除惹香殘留的影響，最簡單有效的方法就是『滿足那股慾望』。而且不是一個人，是在有對象的情況下。」

「……唔……」

「在那起事件中，你於第三層吸入的惹香遠遠超出正常範圍。光是這樣就可能造成嚴重的影

響，更何況絕唱展開後濃度又大幅提升……所以我從一開始就知道，你的身體在那之後不可能平安無事。」

雪拉咬著嘴唇說道——由此可以看出她的心裡充滿強烈的自責。像是為了減輕她的負擔般，奧利佛頑固地搖頭回答：

「……妳剛才說的並非唯一的方法。雖然要花一點時間……但只要搭配適合的魔法藥努力控制自己，再慢慢調整包含魔力循環在內的體內狀況就行了。」

「四個月已經不能算是『一點』時間了……你別再逞強，直接承認吧，相較於你在那裡吸入的惹香量，你現在採取的措施明顯不夠有效，換句話說就是錯誤的。」

縱捲髮少女駁回對方的藉口，乾脆地如此斷言。奧利佛懊悔地低下頭，他完全無法反駁雪拉的說法，即使如此——

「……就算是這樣……也跟妳沒有關係。」

少年低聲表達出更加強烈的拒絕，他平常很少這樣對人說話。

「我的身體……是我個人的問題，妳沒有資格過問……——唔？」

就在少年想要明確劃清界線的瞬間，雪拉迅速抓住他的衣領，強硬地將他拉向自己，兩人在幾乎能碰到彼此鼻尖的距離下互相瞪視——縱捲髮少女以溼潤的眼神說道：

「——剛才的話，你有本事就再說一次看看。」

「——唔——」

「跟我沒有關係?……我們一起在迷宮裡與許多敵人奮戰，並且懷著相同的心情經歷過多次生死關頭。在這段過程中只有你付出代價，你卻說這和我沒有關係?說我沒資格替你擔心——你剛才的話是這個意思嗎?」

雪拉顫抖的聲音裡包含了憤怒，以及更多的悲傷。共同奮戰，共同倖存下來的朋友，居然否定了彼此的關係。這對米雪拉來說是比什麼都要難以忍受的痛苦。

「如果你真的發自內心這麼想……就把我的手甩開。我要你親自拒絕我、推開我，然後將我的心情，連同我們在那場戰鬥中建立的羈絆一起踐踏!」

所以即使明白自己這麼做非常蠻橫，她還是忍不住強迫少年二選一。

因為她知道……少年自那起事件以來就一直在痛苦。在其他五人當中，只有她發現少年拚命隱藏自己的不適，裝出若無其事的樣子。

雪拉好幾次都想要幫忙，但少年一直持續隱瞞自己的病況，既沒有求助，也沒有在大家面前示弱……雪拉當然也有察覺少年這麼做是基於某種明確的想法與堅持，所以她才什麼都做不到。因為她不想隨便侵犯這個好朋友的聖域。

但這種忍耐也有極限。奧利佛也知道剛才的對話就是那條界線，並總算明白她至今有多麼擔心自己，抱持著多麼深沉的煩惱，又是多麼真摯地替自己著想。

「……唔……」

即使如此，奧利佛這個人還是會把這些視為自己的「責任」。他無法繼續拒絕，也失去了推開

對方的力氣，心裡只覺得自己實在太窩囊了。雪拉也察覺了這點——這讓她心裡湧出一股強烈的安心感。

「……太好了……你沒有推開我。」

「…………」

奧利佛低著頭不發一語。雪拉抓住少年的手，強硬地將他拉進隔間。奧利佛大吃一驚，但還來不及開口，隔間的門就被關上了。

「雪拉？妳這是幹什麼——」

「你正在痛苦，而我又剛好在你面前……那能做的就只剩下一件事吧。」

雪拉在狹小的空間中對著少年如此說道。她的眼神裡沒有任何迷惘。只要決定好行動方針，就會排除所有障礙以最好的方式執行，這就是魔女的作法。

「雖然不能算是理想的環境，但幸好這裡的廁所還滿乾淨的……畢竟骯髒的地方實在太破壞情調了。」

雪拉苦笑著低喃，然後繼續靠近奧利佛。少年反倒是持續往門的方向退，但雪拉像是要他放棄抵抗般，輕聲在他耳邊說道：

「放心吧，我不會在這裡跟你做那種事……你應該也知道魔法師在這種時候有很多非性交的接觸方式吧？」

縱捲髮少女緩緩將手伸向對方的身體，讓指尖沿著側腹向上移動，這個觸感讓奧利佛全身不禁顫抖。

「……唔……啊……！」

「這是治療的運用……利用相同原理的愛撫……來，放鬆，把全身都交給我吧。」

雪拉展現自己的技術，讓手掌緩緩在少年的上半身遊走。先是撫摸皮膚，然後是底下的肌肉，最後是干涉魔力的流動。一股彷彿替乾渴的喉嚨注入涼水的快感，從奧利佛的背脊往上竄。和他的理性相反，被惹香侵蝕的身體瘋狂追求著這種與異性的親密接觸。

「這是我第一次這麼深入地檢視你的身體呢……到底要累積多少修練才會變成這樣。你全身上下沒有任何一個地方未經鍛鍊。所有肌肉和魔力的流動都經過徹底的磨練。就像今天看見的手工藝品一樣，既精緻又沒有一絲多餘。」

「……等等，雪拉，等一下……」

少女在探究的同時也持續愛撫，奧利佛用使不出力氣的手拚命想將她推開，但——既然兩人都是魔法師，魔力量較多的雪拉力氣自然也比他大。少年空虛的抵抗一下就被制伏，少女再次於他耳邊低語：

「……還是要去拜託奈奈緒？如果你真的那麼討厭這樣的話。」

「……唔！」

「只要你跟我約好會去找她，我就立刻停手，但如果你辦不到……我也不想再讓步了。」

說完後，雪拉含了一下少年的耳垂。奧利佛的視野瞬間變得一片空白——這個動作帶來的刺激

遠勝之前的愛撫。血液與魔力流進少年的下半身，逼他產生至今一直拚命壓抑的生理現象。雖然奧利佛試圖讓下半身往後退，但雪拉反過來伸手抱住他。

「別彎腰，不用隱藏沒關係，因為我們本來就在做『那種事』……能感覺到你的興奮，我也會比較安心。」

雪拉溫柔地低喃，同時看向下方……少年的褲襠已經因為來自內側的壓力隆起，就這樣頂在雪拉的下腹部上。除了壓迫的感覺以外，甚至還能隔著布感受到底下的熱度。她反射性地將手伸向那裡——但立刻被少年緊緊抓住。

「……嗚、嗯……」

「……失禮了，是我太心急了。」

道完歉後，雪拉乾脆地將手移回對方的上半身……儘管她成功掌握了主導權，但少年內心的抵抗還是十分頑強，過於心急只會招來更強烈的拒絕。

「……我稍微抓到訣竅了，你的這裡比較敏感呢。比起持續給予強烈的刺激，不如調整手指的速度，像波浪一樣忽快忽慢……大概像這樣。」

「……嗚……！」

雪拉慎重挑選沒有被強烈拒絕的部分，徹底對那個範圍進行愛撫。她針對進攻的場所、手指的動作和刺激的強弱施加變化，用各種方式尋找對方的弱點。她原本就擅長進行各種嘗試——成效也馬上就顯現出來。不斷來襲的快感，讓奧利佛開始以溼潤的眼神吐出炙熱的氣息。

「反應開始變好了，再稍微激烈一點吧。」

雪拉看準時機含了一下右手中指，將沾滿唾液的手指伸向少年的腹部，直接讓手指滑進位於中央的肚臍。奧利佛的腰瞬間彈了起來。

「——啊——？」

「反應很強烈吧？因為肚臍是曾經和母體連繫的地方，從一開始就是魔力流動的通路。再加上那裡對刺激十分敏感，位置又與性器官接近……啊，這些事你一定也知道吧。」

雪拉在說明的同時，攪拌般的用中指刺激肚臍。隔間裡不斷響起溼潤的聲音。少年閉緊眼睛，忍耐著持續增強的快感。

在愛撫的過程中，雪拉突然覺得沒人回話有點寂寞。

沒錯，打從初次見面以來，她就一直能夠以自然的態度和少年對話。雙方都擁有豐富的知識，能使用各式各樣的咒語，同時也都很會照顧朋友……雖然這些共通點確實是原因之一，但絕對不僅如此。

兩人就連黑暗的一面也很像。不知為何，她才認識少年沒多久就覺得「對方是和自己類似的魔法師」。和卡蒂、凱與皮特比較過後，這種感覺又變得更加鮮明。和尚未適應魔法界，看起來開朗又年輕的三人相比——奧利佛．霍恩的眼神透露出他是個凝視過深淵的人。

「…………」

雪拉也無數次目睹過魔道的深淵。論歷史的悠久，麥法蘭家族即使在整個大英魔法國中也能排進前五名，因此所有的家族成員都注定背負著黑暗。就這層意義來說，她對同樣出自古老家族的淫魔後裔——奧菲莉亞・薩爾瓦多利也抱持著複雜的親近感。

雪拉對奧利佛也有類似的感情，並確信雙方在內心深處一定能夠互相理解，或是有所共鳴……所以少女每次以魔法師的身分做出判斷時，幾乎都不用向他說明背後的意圖。這讓她感到開心、自在……以及悲傷。

「……嗯……」

她持續刺激肚臍，同時輕吻對方的臉頰……反過來說，要不是雙方對彼此都有一定程度的理解，這種行為根本就無法成立。

「魔法師只要有需要就會這麼做」——正因為彼此都明白這點，才能勉強將這種行為視為必要的措施，將這種應該作為愛情延長的親密接觸貶低為單純的治療手段。

「……看來還是自制心略勝一籌呢。明明只要接受我，就能變得比現在更舒服。」

「……嗚、啊……！」

不對，「只有自己在貶低這種行為」。雪拉在愛撫和開口挑逗的同時，自嘲地如是想著……即使沒有拒絕，這也絕對不符合少年的期望。奧利佛比誰都忌諱這種並非奠基於愛情的性交，簡單來講就是「魔道追求的不帶感情的交合」。只要回顧兩人過去一年的來往，就能明顯看出這點。

換句話說，他的內心充滿了衝突。即使身陷與古老魔道家族的子女相同深度的黑暗，他仍強硬地拒絕讓那股黑暗扭曲自己的內心——他懷抱的矛盾就是如此強烈。

「一直被人挑逗很辛苦吧？……你也可以摸我喔。」

雪拉將對方的手引導到自己身上，同時心想——這段互動應該包含了感情。畢竟自己是因為擔心少年，想要幫他消除痛苦才會這麼做……就算過程中利用了他的友情也不會改變這個事實。

「……呼、呼……呼……！」

即使快感的背後隱藏著罪惡感，兩人仍持續進行愛撫……但奧利佛的興奮在提升到某個程度後，就陷入停滯。

理由可想而知。因為他在壓抑自己。雪拉再次感到敬佩——即使同時被愛撫和惹香激起性慾，他依然沒有完全失去自制。明明雪拉早就做好可能會有些擦槍走火的心理準備，少年至今卻仍未主動碰過她。

這種非比尋常的耐力，讓雪拉發自內心感到佩服，但身為一個魔女，她更感到懊悔。明明都已經做到這種程度，居然還無法讓對方產生那種念頭。

「…………」

那麼該怎麼做才好？是要繼續花時間愛撫剝奪他的理性，還是碰觸更直接的部位——稍微思考了一會兒後，雪拉決定兩個選項都不選。

她剩下的時間並不多，而且要是做得太過火招來拒絕，只會造成反效果……考慮到這兩個因素，她決定換個角度攻擊。

「真拿你沒辦法……那就告訴你一個祕密吧。」

「……嗚……？」

奧利佛露出困惑的表情。少女不曉得第幾次改變挑逗肚臍的方式，同時將嘴巴湊到少年耳邊說道：

「你還記得在進入迷宮前，我們曾經單獨對話過嗎……因為我當時不想將你和奈奈緒捲進來，打算自己跟高年級生潛入迷宮。

但你挽留了我。你抓住我的手，說絕對不讓我一個人去……力道大到彷彿永遠不會鬆開。

……我當時好開心……開心到快要哭出來了。」

雪拉坦白說出當時的心情和絕對不會遺忘的感謝……即使繼續刺激少年的性慾，也絕對無法讓他失控。如果想攻破那道心防，就要利用他絕對不會拒絕的感情。換句話說——就是純真的友情。

「……雪拉……」

雪拉釋出的純粹心意和絕對無法忽視的溫情，讓奧利佛瞬間卸下了心防。她沒有放過這個機會，立刻瞄準這個狹小的破綻說出關鍵的話語——不對，應該說是「咒語」。

「我至今仍忘不了你那緊繃的表情，以及從你手掌傳來的溫度。

我偶爾會在床上屏住呼吸……一面想著那些，一面發洩自己的慾望……」

「————！」

少年鮮明地想像那個場景……少女像自己現在這樣喘著氣，紅著臉在床上偷偷排解慾望的景象。從睡衣底下露出的圓潤肩膀、帶著汗水的性感酥胸，以及在胯下遊走的纖細指尖。這些全都與

從肚臍傳來的快感結合在一起，然後在他腦中浮現——

「——嗚啊……啊……！」

背脊竄過一陣衝擊，讓視野變得一片空白。

決堤而出的快感淹沒了思考，讓奧利佛的理智變得像被波浪翻動的小船。在這波高潮中，少年努力尋找稍縱即逝的自我，用力抓著雪拉的背。

「……唔……」

雪拉正面承受那股疼痛並回應似的抱住對方，然後她看見了。隨著快感到達極限，奧利佛的全身輕微顫抖，讓一部分的魔力流往外界。雪拉察覺長期侵蝕他身心的淤塞總算恢復暢通，同時也隱約聞到一股淡淡的香味，那想必就是剩餘的惹香。

「……太好了，你有順利排解出來。」

雪拉露出微笑，溫柔地摸著少年的頭髮……或許是尚未從高潮的衝擊恢復且手腳使不出力氣，他至今仍像個孩子般靠在她身上。這個身影，讓雪拉同時產生作為魔女的成就感，以及作為朋友的罪惡感。

「內褲沒有弄髒吧？雖然我努力引導你達到乾式高潮，但畢竟我也沒什麼經驗……如果不小心失敗了，別難為情直接告訴我。」

雪拉將少年抱在懷裡，慈祥地問道。奧利佛花了一點時間才恢復，他無力地搖頭，從雪拉身上離開。從雪拉的位置，看不見正低著頭的他臉上究竟作何表情。

「這樣啊……我本想多花一點時間沉浸在餘韻裡，但如果太晚回去，其他四個人會起疑。」

雪拉像是覺得可惜般說道，她再次靠近少年，將他的頭抱進懷裡並在額頭上親了三下……這動作彷彿是在說剛才那些行為都不是基於慾望，而是因為發自內心替少年著想，但她自己也覺得這像是在找藉口。

「我先回去了，你過幾分鐘再回去吧。等我們六人再次重聚一桌……一切都會變得跟以前一樣，你不需要把這件事放在心上。」

雪拉在最後補上這句話，即使心裡仍有些許留戀，縱捲髮少女還是走出了隔間。直到感覺不到雪拉的氣息，奧利佛才靠著牆緩緩坐倒在地上。

他用雙手摀住臉，彷彿要連內臟一起吐出來般深深嘆了口氣，然後自嘲地說道：

「……我真的是……一點長進也沒有……」

同一時間，雪拉在確認周圍沒人後走出男廁。接著她立刻進入女廁，跑到最裡面的隔間將門鎖上，用雙手摀住臉。諷刺的是，少年這時候也在做相同的動作。

「————～～～～～唔！」

從指縫間流洩出不成聲的慘叫。她有生以來第一次覺得羞到想死。她以前從未體驗過這種彷彿有無數細針從體內刺穿皮膚，又痛又癢的感覺。

「……我到底……到底幹了什麼好事……！」

雪拉回顧自己剛才的行為，以顫抖的聲音擠出這句低語……就連她本人都覺得難以置信。沒想到自己居然會在那種狀況下，對朋友做出那樣的行為。

這和當初的預定完全不同。她追去洗手間時，本來只是想告訴少年「自己有察覺他的身體狀況」。她沒辦法對因為無法與別人商量而持續痛苦的奧利佛置之不理。一開始真的只是這樣而已。

「……沒想到我居然這麼不成熟……」

雪拉用力咬嘴唇……她很清楚自己為何會如此躁進。是因為奧利佛那句：「跟妳沒有關係。」那句話讓雪拉失去了冷靜，並忍不住想要否定他。她賭上至今培養的友情和羈絆，堅決要幫助受苦的少年。

一旦決定要行動後，身體就毫不猶豫地動起來了。儘管在心裡的某個角落明白自己並不冷靜，她還是順暢地引導出對方的快感。某方面來說，這確實是符合魔法師的舉止。無論如何都要先擄獲自己中意的對象——除了對少年的體貼以外，她無法否認自己也有受到這種本能的驅使。

他應該受傷了吧。即使有許多感情在心裡激盪，雪拉還是最先擔心起這件事。因為少年怎麼看都不是心甘情願，雪拉甚至覺得比較像是自己在強迫他。與其說少年沒有拒絕，不如說雪拉用雙方的友情剝奪了他的選項。這樣難道不能說是雪拉受到個人衝動的驅使，單方面玩弄他的身體嗎？

除此之外，自己為了這麼做而採取的手段也同樣不容忽視。

——我偶爾會在床上屏住呼吸……一面想著那些，一面發洩自己的慾望……

這段告白重新在耳邊迴響。雪拉當時之所以這麼說，是因為這樣最能打動少年的心。實際上確實很有效果，最後也順利讓原本堅持不肯委身快感的奧利佛達到高潮。她至今仍無法忘懷那個瞬間的興奮與滿足感。

然而——事情結束後就不同了。雪拉現在已經能冷靜思考自己當時說了什麼話。她絕對沒辦法再說一次——如果有人要她說這些話，她一定會毫不猶豫地咬舌自盡。儘管魔法師沒這麼容易死，但至少這樣就不用說話了。

「……即使退一百步而言，有治療這個名目在……應該也用不著說那種話吧……」

少女如此嘆道。無論對象是誰，也無論是什麼關係，這種事都應該藏在自己心裡。對朋友說這種事有違道義。她愈是回想，愈覺得這是個毫無辯解餘地的失態……這已經不曉得是她今天第幾次後悔了。

「……奧利佛差不多要回去了。我也該走了。」

儘管還沒反省完，但她也沒空繼續自我厭惡。雪拉用力拍了一下臉頰切換心情，走出隔間前往同伴們的身邊。

奧利佛間隔五分鐘回到店內後，五位同伴和他離席時一樣在座位等他。凱一發現他，就舉起切香腸的刀子喊道：

「喔，奧利佛，你去得可真久。是拉肚子嗎？」

「凱，你很髒耶……不過你真的沒事嗎？我們有幫你留菜，吃得下嗎？」

奧利佛才剛重新入座，卡蒂就過來關心他的身體狀況。坐在她旁邊的雪拉跟著搭腔：

「我這裡有胃藥。奧利佛，你要吃嗎？」

縱捲髮少女從懷裡拿出一個小瓶子，微笑地問道。她的舉動看起來一點都沒有不自然的地方，無論從哪個角度來看都跟平常一樣。奧利佛見狀，也跟著重新用理性克制自己。如她所說，一切都會變得跟以前一樣，這樣才最符合所有人的希望。

「……不用了。我可能是太久沒離開學校，所以有點太鬆懈了。我現在已經沒事了。」

奧利佛舉起手婉拒，同時朝卡蒂露出苦笑。正當少年對一切回歸常態感到放心時，奈奈緒突然靠到他身邊。少女近距離凝視一臉驚訝的少年，開口說道：

「你看起來確實是比剛才好多了，就好像驅除了什麼壞東西一樣……？」

「——唔——！」

奧利佛大吃一驚。少女的眼神看起來深不可測，不曉得她究竟看穿到什麼地步。

擔心一切早就都被看穿的心情湧上胸口，以及更加強烈的內疚感讓少年焦急不已。但奧利佛拚命把這些情感壓抑下來，裝出若無其事的樣子回答奈奈緒：

「……奈奈緒，我才想問妳酒醒了沒有。我們下午還要繼續逛，要是妳一直像剛才那樣就麻煩了。」

「哈哈哈，失禮了。在下過去只有在新年時會喝一點點酒，所以對酒沒什麼抵抗力。沒想到喝醉心情會變得那麼愉快。」

「看來妳已經沒事了！……作為補償，就讓不小心點錯酒的凱幫忙出奈奈緒的那一份吧。」

「？等等，我怎麼不知道有這回事！這樣我今天的購物計畫……！」

凱在得知有懲罰後，臉色瞬間變得蒼白。奧利佛苦笑地看著凱時，突然有人拉他右邊的袖子。

「……你沒有勉強自己吧？」

他一望向聲音的方向，就發現皮特將椅子靠了過來，不安地由下往上看向這裡。奧利佛一看見這個景象，就放鬆了肩膀的力氣，微笑著將手放在對方頭上。

「嗯，謝謝……不好意思讓你擔心了。」

奧利佛一摸對方的頭髮，眼鏡少年就不悅地別過臉。奇妙的是，即使皮特平常在房間裡就是這種態度，這還是讓奧利佛因此冷靜下來。

六人吃好午餐結完帳後就走出餐廳，再次來到熱鬧的街上。凱左右眺望，然後轉向其他同伴。

「——那麼，下午要先去逛哪裡？」

「應該會陪卡蒂去逛一下賣魔法動物的店家吧。」

「我一說要去伽拉忒亞，密里根學姊就拜託我幫忙買飼育用品。如果大家也願意一起去就好了！」

「我是無所謂，但可別在那邊待到晚上喔。畢竟我也有想去的地方。」

「才、才不會那樣！我今天沒打算買活的動物，辦好事稍微逛一下就會離開！……應該……是這樣啦……」

面對皮特的叮囑，捲髮少女眼神游移地回答。其他人見狀，都做好了會拖很久的心理準備。但既然已經決定好方針，一行人在卡蒂的帶領下前往魔法動物店。在路上閒聊了約五分鐘後，他們來到一個掛著翅膀形的大招牌的建築物。

「啊，就是這裡，『穆勒魔法動物店』！快點進去吧！」

卡蒂快步走進店家，跟在後面的奧利佛等人，立刻聞到一股讓人聯想到動物園的野獸味。不過店內裝潢還算整潔，在這個天花板挑高的空間當中，放著許多關著各種魔法生物的籠子。這群生物有些正在動來動去，有些正縮成一團睡覺，有些則是用尾巴將身體掛在空中盯向這裡。走在前面的卡蒂一看見這幅場景，就變得眼神一亮。

「唔哇，這裡好大。不愧是離金伯利最近的店。」

「這裡好像也會配合客人的訂單進大型魔獸，只是不會直接放在店面。」

「那種東西我在學校就看夠了……難道沒有看起來比較抒壓的魔法動物嗎？」

「有很多喔！皮特也來一起逛吧！」

卡蒂一聽見朋友的要求就立刻跑回來，拉著皮特的手往前走。因為這一年來已經知道她有多喜歡動物，眼鏡少年半放棄地任她擺布。剩下四人也跟著走了一會兒後，卡蒂突然停下腳步。

「啊，是魔犬的幼犬！你們看，牠在喝牛奶！好可愛！」

「是之前在入學典禮的遊行上看過的那個嗎……雖然那隻很大，但小時候跟普通的狗沒什麼差別呢。」

「因為魔犬原本是普通生物，是透過魔法干涉才產生變化，換句話說就是人工的魔法生物。這樣就能在保留狗的強烈忠誠心的情況下，將感官和身體的能力大幅提升。當然飼養時需要注意一些細節，但培養感情的方式應該和普通狗差不多。」

卡蒂和皮特在同一個籠子前面觀察，奧利佛站在他們背後幫忙補充說明。魔犬的幼犬們一發現他們，就開始用力搖尾巴。牠們的體型已經和一般的中型犬差不多，就只有外表還很稚嫩。卡蒂一將手伸向籠子，裡面的其中一隻幼犬就開始舔她的手指。

「呵呵呵，你跟人很親近呢。從屁股那邊的毛有點稀疏來看，應該才剛出生兩個月左右吧？」

「喔，才兩個月就長這麼大啊？這樣成犬應該跟小馬差不多大吧。」

六人一面閒聊，一面與幼犬玩耍。其中一個店員注意到後，便走了過來。

「你們是金伯利的學生吧，想買魔犬嗎？這些幼犬比較偏向是給普通人的一般家庭養，應該無法滿足你們的需求。店裡面還有更強的品種，要幫你們帶路嗎？」

「啊，不用了！我今天沒打算買活的動物！只是覺得牠們很可愛……」

卡蒂轉身回答，其他五人也跟著看向店員。那是一位看起來二十出頭的青年，他身上穿著繡有店名的短袖制服搭配棉質長褲，打扮得非常休閒。但從他腰間插著白杖和杖劍，就能看出他是個魔法師。

因為對方看起來是個隨和的人，皮特瞄了一眼背後的籠子，向店員問道：

「……呃，雖然我理論上可以理解，但普通人的家庭真的也能養魔犬嗎？飼主不是魔法師不會很危險嗎？」

「嗯？啊，有一部分犬種是那樣沒錯。尤其金伯利養的都是狩獵本能和攻擊性特別強的類型。但大部分的種類都沒問題。魔犬原本主要就是用來幫普通人看家的看門狗。長久以來都在追求如何同時滿足忠誠心和戰鬥力這兩個條件。畢竟以前犬人造成的損害遠比現在多。」

店員滔滔不絕地說道。畢竟是生意人，所以特別擅長這方面的說明。他看向放在同一區的那些籠子，繼續說道：

「牠們當然不是只能用來看家。狩獵用、追蹤用、寵物用——人們依照需求培養出各種魔犬。我們店的宣傳標語是『一家一隻，萬事搞定』。

雖然這樣講是有點誇張，但我們店對品質和價格都頗有自信。適當的智力、會忠實服從命令、不需要大量飼料，而且照顧起來又輕鬆。平均壽命不到六年是有點短，但這是因為縮短了成長期和衰老的期間。優點是很快就能長大，死的時候也乾淨俐落。到時候只要再買一隻新的就好。」

青年得意地開始推銷，但卡蒂聽完後，肩膀就突然顫抖了一下。

「……不到六年……」

「——嗯，妳想要能活久一點的嗎？也是有其他能滿足妳要求的品種。」

店員像是想讓她放心般如此說道。其他五人都非常了解卡蒂，所以能夠看出雙方之間的情感差異。捲髮少女凝視著在籠子裡搖尾巴的幼犬，輕輕搖頭回答：

「……今天就不用了——呃，這裡有賣巨魔的檢查器具嗎？是純血的嘉斯尼種。」

「嗯，有喔。亞人種區在那邊，請跟我來……不過妳才二年級就開始使喚巨魔啊？這有點稀奇呢？」

「啊，是的。我正在和五年級的密里根學姊共同研究……」

卡蒂簡單說明自己的立場後，走在前面的店員就立刻回頭。他一改之前輕鬆的態度，驚訝地凝視少女。

「……我總算明白了。妳是卡蒂．奧托吧。」

「嗯，我就是……」

卡蒂被這股詭異的氣氛嚇得後退。青年將手抵在額頭，誇張地嘆了口氣。

「妳也早點說嘛……今天的消費我會幫妳打八折……不，七折好了。」

「……咦？為、為什麼？」

「該說是替妳打氣，還是當成慰問金呢……總之光是被那個蛇眼盯上，就足以讓人發自內心感到同情了。算我拜託妳，妳就默默接受吧。」

青年單方面說完後，再次轉身往前走。六人連忙跟上，此時青年又繼續說道：

「我另外給妳一個忠告，聽好嘍——盡可能不要背對那傢伙。她可是個會把人腦當點心盒打開的大變態。最糟糕的一點是，她本人一點惡意也沒有。不對，應該說是不覺得那有什麼大不了的，所以才讓人難以招架。」

這實在是個充滿現實感的忠告。明明照顧自己的學姊被人說成這樣，卡蒂還是完全無法反駁。不僅如此，店員又繼續補上最後一擊。

「還有，妳幫我傳個話給她——『都怪妳幹的好事，現在連我們店都被人權派盯上了。客人都怕得要死，進貨商也變少，真的是被妳害慘了。妳到底要怎麼賠償？給我說清楚啊？』——記得要完整地傳達給她喔。」

出乎預料的是，六人在「穆勒魔法動物店」待的時間並不長。卡蒂一辦完密里根交代的事，就立刻提議離開。其他人當然也沒有反對。

「…………」

離開店後，卡蒂還是顯得無精打采。少女無力地垂下肩膀，讓原本就身材嬌小的她看起來又變得更小。走在一旁的凱拚命想鼓勵她，但還是找不到適當的話語。

「……呃，那個，該怎麼說……」

「接——接下來去能讓人提振精神的地方吧。我知道一間適合的店！」

看不下去的雪拉伸出援手，六人再次前往其他地方。

六人跟著雪拉前進，然後看見一個裝飾得非常誇張的招牌。上面畫著發光的魔杖，以及被光芒擊敗的魔獸。除此之外，招牌的右下角還註明這裡是「魔法師專用店」。奧利佛確認過後，了然於心地點頭。

「咒語射擊場啊，確實是能讓人抒發心情……」

「……應該不是用活著的魔獸當靶吧？」

卡蒂躲在奧利佛背後看向招牌，疑神疑鬼地問道。雪拉扠著腰用力點頭。

「放心吧，這裡的靶全都是人偶。雖然也有妳說的那種店，但管理和飼育生物的成本很高，所以被歸類為高級店。再加上人權派的反對，最近那種店應該少了很多。」

雪拉補充能讓卡蒂安心的資訊。凱一聽，就捲起袖子鼓起幹勁。

「那就不需要客氣了。當作晚餐前的運動吧——卡蒂，我們上！」

「哇哇……！」

凱將手放在卡蒂背上，直接把她推進店裡。儘管有些粗魯，但這是他鼓勵人的方式。奧利佛等人互相點了一下頭，跟在兩人後面。

一走進店內，就能聽見詠唱咒語的聲音在寬廣的空間內迴響。入口正面有個櫃檯，櫃檯後面分

隔出幾個像普通人喜歡玩的保齡球球道的空間，看起來是射擊場。有些射擊場已經有客人，他們接連用咒語攻擊從球道後方跳出的靶。連續擊中靶子的客人發出歡呼，沒擊中的客人則懊悔地跺腳。

「歡迎光臨，各位是第一次來吧，對自己的技術有信心嗎？」

六人觀察店內時，櫃檯的店員主動向他們搭話。六人走向櫃檯，看向設在高處的黑板上的說明，確認店內規則。

「好像可以選擇難易度。有簡單、普通、困難和極困難四種……」

皮特認真思考時，擔任店員的中年男子再次開口：

「如果通過極困難的難度，可以獲得豪華獎品。這個月還沒人成功過，要挑戰看看嗎？」

說完後，男子指向背後的架子，上面擺滿了全新的魔法道具。男子接著說明各個難度的通關者能獲得哪些獎品，凱和卡蒂聞言一同猶豫了起來，考慮到去專門店買的價格，就算扣掉入場費也還有賺。

「……我開始有點興趣了。奧利佛，要不要試試看？」

被叫到的少年驚訝地回頭。他本來以為凱會最先躍躍欲試，沒想到第一個說要玩的人是雪拉。姑且不論邀約者是誰，雪拉會積極挑戰這種遊戲讓他感到有些意外。

「……你沒興趣嗎……？」

但在下一個瞬間對上她有些不安的視線後，奧利佛立刻打消了疑惑——她是在介意午餐時發生的事情。

奧利佛明白她正在擔心什麼，以及對什麼感到不安。雪拉是想藉由這個邀約試探少年的反應，揣測他內心的想法。自己究竟有沒有被疏遠，有沒有被討厭——最重要的是，有沒有傷害到對方。

「…………」

這讓奧利佛感到難受，沒想到自己居然讓她擔了這種心。明明都讓她做到那個地步了，居然還讓她為自己的事情擔心。

奧利佛不可能討厭她，因為他知道全都是自己的錯。無論是讓蒞香的後遺症拖延這麼久，還是無法徹底瞞過周圍的人——全都是因為他照顧不好自己。

他無法說自己的心裡沒有傷口，但那是原本就有的舊傷，絕對不是由雪拉造成的。這一切都不是她的錯。

沒錯那個傷口之所以仍在發痛和淌血，全都是自己咎由自取。

「我是無所謂，但既然妳也要參加，那結果可不能太難看。」

奧利佛笑著接受了朋友的邀約，雪拉露出充滿歡喜和放心的表情，少年覺得這樣就行了，他不希望少女被不必要的不安和罪惡感影響。

「我們應該跟不上他們的水準，所以一起玩普通的難度好了。奈奈緒，來比誰比較厲害吧！」

「沒問題。卡蒂，在下可是也有修練過了。」

「我的射擊能力也不差喔。皮特，你打算怎麼辦？要一個人挑戰簡單難度嗎？」

「當然是選普通。等著後悔挑釁我吧。」

眼鏡少年回瞪了凱一眼。他們幹勁十足的樣子，讓店員笑著點頭：

「兩個挑戰極困難，其他四個人選普通啊。那麼，選極困難的兩位請往這邊走。」

店員走出櫃檯，帶奧利佛和雪拉往店裡的左側走。那裡有個和其他射擊場地不同，看起來異常寬敞的空間。那裡到處都堆滿了各種零件，地板上還畫了個直徑約二十碼的魔法圓。店員催促兩人站到魔法圓中央，讓他們露出困惑的表情。

「……這表示標靶會從周圍出現嗎？」

「因為極困難是比照現實狀況。順帶一提不是只有出現而已，那些人偶會主動攻擊你們。」

「跟想像中差很多呢……」

即使有些驚訝，奧利佛和雪拉還是一起就定位。接著店員離開魔法圓拔出白杖，將魔杖前端指向地板。

「玩家人數兩人……兩位客人是金伯利的學生吧，那就用金伯利模式。」

「「金伯利模式？」」

這個讓人覺得不妙的字眼讓兩人瞬間僵住，但魔法圓毫不留情地啟動。原本散落在地板上的零件一一組合成形，在擺出架勢的奧利佛和雪拉面前變成殺氣騰騰的魔獸。

遊戲時間長達三十分鐘，而詠唱咒語的聲音在這段期間從未間斷過。等雪拉終於用魔法擊倒最後一具人偶後，魔法圓才停止發光。店員喊了聲「遊戲結束」，在一旁觀看兩人奮戰的觀眾們一齊鼓掌。

「辛苦了！好厲害，真虧你們兩個能夠過關！」

「靶的數量也太多了吧！看得我好緊張！」

「…………」「…………」

「從中途開始就變得一點都不像遊戲了……來，喝點飲料，休息一下吧。」

皮特將事先準備好的飲料，遞給默默走出魔法圓的兩人。少年和少女一同喝完飲料後，將杯子放在旁邊的桌子上，開始訴說對遊戲的感想。

「——敵人好多！時間好長！而且人偶的性能也太強了！」

「不僅要求玩家會曲射、貫穿和面狀攻擊，甚至連魔法的屬性都指定了，沒打中的人偶還會毫不留情地襲擊玩家！這根本就不是遊戲，是戰鬥訓練吧！」

兩人以接近慘叫的聲音抱怨，凱等人也互望彼此點頭。奧利佛和雪拉累得癱倒在椅子上，反倒是男店員開心地走了過來。

「恭喜過關。你們真厲害，還是二年級吧？通常要到四年級以上才有辦法通過這個難度。」

說著說著，男店員指向櫃檯。奧利佛等人跟著望過去，發現已經有其他店員從架子上拿獎品下來包裝。

「副獎的豪華獎品量很多，之後會用飛毯快遞送去學校。大獎是這個。證明兩人曾一起過關的

獎杯。」

男店員笑著將「大獎」遞給奧利佛和雪拉。那是一個沉重的黃銅獎杯，上面裝飾了兩個拿著魔杖戰鬥的魔法師。獎杯本身做工精緻，臺座上還刻有兩人的名字。

縱捲髮少女收下獎杯後，男店員突然一臉嚴肅地鼓掌。

「幹得漂亮，你們是今天的最佳拍檔，祝你們在共同克服激戰後，也能夠一直是好朋友！」

男店員拍了一下兩人的肩膀給予祝福，接著就瀟灑地回到櫃檯。奧利佛和雪拉傻眼地望著他的背影，然後一起看著獎杯苦笑。

「……現在才說這個也太晚了。明明上次共同克服激戰已經是去年的事情了。」

「是啊……但有個遲來的勳章也不壞。」

說完後，並肩坐在長椅上的少年和少女一同拔出白杖，在兩人中間的獎杯上方交叉。兩人一起挑戰並通過了難關，這是他們祝賀勝利的方式。

與此同時，在一旁注視這幅景象的少女突然用手按住胸口。

「……？」

「……奈奈緒，妳怎麼了？肚子痛嗎？」

察覺異狀的卡蒂自然地將奈奈緒拉到旁邊，悄聲問道。然而按著胸口的東方少女，卻一臉困惑地回答：

「在下也不太清楚……只覺得胸口一緊。」

她在說話的同時，幾乎是下意識地看向背後——奧利佛和雪拉正在那裡親密地說話。卡蒂光是看見這個反應，就比本人還要明白狀況，在心裡感嘆「果然如此」。

之後所有人都進入普通的射擊場，即使店家有配合他們的實力設下限制，一行人仍玩得十分開心。一年的經驗果然影響很大，剛入學時連施展魔法都很困難的奈奈緒，現在已經能正常詠唱咒語擊倒人偶。再加上皮特還使出自己偷偷練習的曲射，讓整個遊戲過程熱鬧非凡。

持續玩了約四個小時後，從外面照進來的陽光已經變成紅色，六人支付加時的費用離開店內。凱吸了一口稍微變冷的空氣，用力伸了個懶腰。

「唔喔～玩得真過癮！太陽已經下山啦，時間過得真快。」

「雖然覺得有點依依不捨，但差不多該去吃晚餐了。那間店生意很好，所以我有提前預約。」雪拉掏出懷錶，催促同伴移動。儘管太陽開始下山，但因為是晚餐時間，街上的行人反而變多了。六人判斷現在大路反而比較難走，於是立刻轉進小巷子裡。這樣距離比較遠，但比較好走。

在相對安靜的小巷子裡移動時，走在前面的雪拉突然停下腳步。其他五人跟著看向前方，發現那裡有三個身材只有他們一半嬌小的人影疲憊地癱坐在路邊。在灰色的工作服和帽子底下，可以看見又尖又長的鼻子與綠色皮膚。卡蒂一發現這些特徵，就表現出強烈的興趣。

「……那是……」

「哥布林嗎？真難得在街上看到。」

凱說出心裡的感想。哥布林的特徵是擁有綠色的嬌小身軀，與巨魔一樣都是屬於常見的亞人種。在六人眼前，那三隻哥布林像是聽見別人的呼喚，穿過位於路邊的門消失在建築物中。

幾秒鐘後，卡蒂等人經過牠們剛才待的地方，在那裡發現出乎意料的東西。

「……好像有東西掉了。」

「是帽子……從尺寸來看，應該是剛才那些哥布林的。」

皮特如此推斷，卡蒂疑惑地拿起帽子來看。

「哥布林平常不會戴帽子……這棟建築物是工廠嗎？我去問問看！」

卡蒂一想到就立刻付諸行動，穿過門走向建築物。她站在樸素的鐵門前面，毫不猶豫地敲門。

「有人在嗎！我們撿到了東西！」

「……沒人回應呢。不過裡面有聲音。」

「門似乎沒鎖。畢竟是要還東西，開門再喊一次看看吧。」

卡蒂贊同雪拉的提議，直接推開鐵門。或許是通風不佳，從屋內流出來的空氣感覺不太好。門完全打開後，出現一幅驚人的光景。

那是一個天花板很低的寬廣空間。裡面擺滿了細長的桌子，並有超過一百個哥布林擠在那裡站著工作，默默打磨看不出來是什麼東西的零件。負責搬運的哥布林用推車回收完成品，但或許是有規定的工作量，桌子只要一空就會立刻補滿新的零件。除了偶爾會透過對話確認一些事情以外，屋內幾乎沒有聲音。在這股異常的寂靜當中，許多嬌小的身體穿著相同的制服從事勞動。

「……這裡是……」

「……是工廠呢，而且似乎是僱用哥布林當作業員。」

卡蒂呆站在原地，一旁的奧利佛淡淡地分析。此時有人從他們旁邊的樓梯走了下來。那個人身穿只有尺寸和哥布林們不同的制服，看著六人疑惑地問道：

「……嗯？你們是金伯利的學生吧，有什麼事嗎？這裡姑且是禁止外人進入。」

「……啊，呃，我在外面撿到這個……」

卡蒂猛然回過神，將帽子遞給男子。男子收下後，理解似的點頭。

「嗯，這確實是我們的制服帽，不好意思麻煩妳特地送來。」

——喂！是誰弄丟了帽子！有人特地送過來嘍！」

男子道完歉，立刻轉向工廠大喊。超過一百隻的哥布林一齊看向這裡，讓卡蒂忍不住退縮了一下。經過一段沉默，其中一隻哥布林離開桌子搖搖晃晃地走了過來，男子見狀便嘆了口氣。

「又是你啊，不管教幾次都不會好好穿制服，真是個笨拙的傢伙……快去跟人家道謝！」

男子遞出帽子，出列的哥布林用雙手收下後，抬頭看向卡蒂說了聲「謝謝」，但沒等卡蒂回應就直接回去工作。男子聳了聳肩。

「唉……不好意思，對妳這麼冷漠，畢竟只是哥布林，妳就原諒牠吧，牠們不管對誰都是這種態度。」

「我、我不在意……呃，他們穿那種衣服不會覺得不舒服嗎？如果是雪國哥布林也就算了，但他們是森林哥布林吧？他們平常穿的衣服應該更加輕便，而不是那種長袖……」

「嗯？是這樣沒錯，但既然在人類的城市生活，自然要遵守一定的規矩。如果在路上露出綠色的皮膚，市民們會害怕吧，換上這套衣服後就好多了。」

男子苦笑地說道。他的語氣聽起來毫無愧疚，明顯把這當成理所當然的事情。男子繼續在默默無言的卡蒂面前說道：

「不過牠們真的很方便。因為身體嬌小，所以手也很靈巧，不僅會毫無怨言地默默工作，就連薪水都很低。同樣的工作，如果是交給人類可要花五倍的錢，就算有點冷漠也只能接受了。」

男子最後甚至用這種理由替哥布林說話。卡蒂默默站在原地，讓男子露出困惑的表情。

「還有其他事嗎？如果有的話，我就帶妳去會客室。」

「…………不用，沒事了……」

原地站了一段時間後，卡蒂帶著僵硬的表情轉身離開，其他五人也默默跟了上去。

「……雖然不曉得這麼說能不能安慰妳，但剛才那裡的待遇已經算很好嘍？在鄉下可是會過得更慘。大概是人權派有在對這裡施壓吧。」

離開建築物再次回到夕陽照耀的街上後，凱突然這麼說道。縱捲髮少女一面注意走在一旁的卡蒂，一面跟著補充：

「……我只知道為了支撐現代的魔法社會，亞人種的勞動力是不可或缺的。就這層意義而言，剛才的景象也不能說是錯的。」

捲髮少女一聽見這句話就立刻停下腳步，她激動地轉向雪拉，看著朋友的臉說道：

「雪拉真的覺得那樣的景象是正確的嗎？」

「…………」

「只因為他們是哥布林，就能讓他們擠在那麼狹小的空間，穿著不舒服的制服，領人類五分之一的薪水嗎？這到底哪裡正確了？他們也是有感情和原本的生活方式吧？」

卡蒂像是再也壓抑不住自己的心情，開口質問朋友。雪拉面無表情地垂下視線，看不下去的奧利佛插嘴說道：

「冷靜點，卡蒂……這一帶在被開發成都市前，原本是哥布林等亞人種的棲息地。我們是以奪取牠們家園的形式在這裡生活。在這種情況下說要讓牠們過原本的生活，未免也想得太美了。」

「想得美有什麼不好？大家都過得幸福不是比較好嗎！」

「就算那枝筆的價格因此漲五倍也一樣嗎？」

少年看向她的手提包說道，捲髮少女瞬間啞口無言。奧利佛靜靜點頭……工廠裡的那個景象，其實與他們的生活息息相關。

「其實妳應該也明白……這問題沒有簡單到能單純用善惡來評論。這個國家——不對，聯盟的

魔法社會已將一部分的亞人種當成勞動階級納入結構當中。魔法帶來的技術革新和牠們的存在，正是支持產業革命的兩大命脈。靠以前的作法，已無法養活在這種運作方式下膨脹的人口。」

「……唔……」

「我們也想體諒妳的憤慨。所以如果要討論，就該提出有建設性的具體內容……雪拉剛才只是站在自己的立場提出誠實的意見，責備她一點意義也沒有。」

奧利佛以沉穩的語氣開導卡蒂，過不久，她戰戰兢兢地轉向縱捲髮少女，淚眼盈眶地抱住一臉寂寞的好友。

「……我不該遷怒妳的……對不起，對不起，雪拉……」

「這有什麼好道歉的，陪朋友抒發情緒，本來就是朋友該做的吧。」

雪拉沒有責備卡蒂，她接受道歉並溫柔地抱住對方。六人在兩人和好後重新出發，接著走了約十分鐘就看見在黃昏中閃閃發光的餐廳招牌。

「應該就是這間店，大家重新打起精神吃晚餐吧。」

一行人按照奧利佛的指示進入店內，發現裡面的位子果然幾乎都坐滿了。不過和白天的酒吧不同，每個人都是靜靜地談笑，桌子之間的間隔也很寬，看起來是個能讓人安靜享受餐點的地方。

「我是預約了六個位子的麥法蘭。現在可以進去嗎？」

「Ms.麥法蘭嗎？位子已經準備好了，是裡面那張桌子。」

服務生彬彬有禮地回應，帶領他們前往已經準備好的桌位。六人在店內右後方的區塊入座。雪拉表示在預約時就已經點好菜，接下來只要等套餐上桌——但此時隔壁桌傳來聲音。

「……喂，那個制服……」

「……嗯……」

一群人竊竊私語的聲音，讓察覺危險氣息的奧利佛繃緊神經。他自然地僅以視線確認後方，發現那裡坐了八名男女，而且都是穿著深綠色長袍的魔法師。

奧利佛默默觀察狀況，過不久其中一人從座位起身，並且直接走向奧利佛等人。

「——你們是金伯利魔法學校的學生吧。」

少年魔法師站在他們的桌子前面問道。奧利佛慎重回答：

「沒錯……請問你是哪位？」

「費瑟斯頓魔法學舍三年級的丹尼爾．波洛克。我和後面那些同伴都是支持亞人種人權運動的學生……所以有話想對你們說。」

對方一報上名號，奧利佛就大致明白了狀況——費瑟斯頓魔法學舍是位於伽拉忒亞西南方的魔法學校，以重視理性和友好的校風聞名。光是這樣就能確定與金伯利合不來了，實際上兩所學校的學生之間的關係也非常惡劣。最重要的是，費瑟斯頓的現任校長是人權派。

在奧利佛思考該如何對應時，叫波洛克的少年已經先用力地將手放在桌上——

「別以為你們能夠一直任性妄為！」

激動地大喊。在周圍客人的注目下，奧利佛冷靜回答：

「……我是金伯利魔法學校二年級的奧利佛．霍恩。Mr.波洛克，請你冷靜一點，就算你突然跑來鬧事，我們也很困擾，我們只是來吃晚餐而已。」

「你是打算先讓我們鬆懈，再趁機突襲我們吧？」

「別以為我們每次都會上當，我們早就知道你們有多惡劣了。」

其他費瑟斯頓的學生像是要替波洛克助威般，不斷從他們的座位丟來刻薄的話語。

「你們知道光是去年，我們保護的亞人種聚落就有多少被毀滅了嗎？知道有多少居民後來成了金伯利的實驗材料嗎？」

「每天都有多到數不清的亞人種被你們切成碎片……做出這麼殘忍的事情，虧你們還能悠哉地吃飯！」

「……嗚嗚……！」

這些非難讓卡蒂低下頭發出呻吟。看不下去的雪拉開口：

「……我明白你們的意思，但請別把金伯利的學生都歸類成同一種人，至少這個女孩就跟你們一樣是人權派，你們剛才的非難並不適用在她身上。」

雪拉握著捲髮少女的手反駁，費瑟斯頓的學生聽了便皺起眉頭。

「人權派……？說什麼蠢話，金伯利怎麼可能有人權派。」

「別把我們跟她相提並論，反正她頂多只是把亞人種的標本誤會成室內擺設吧。」

「嗚嗚嗚……！」

「喂，你們給我適可而止！不曉得卡蒂從剛才開始就很痛苦嗎！」

再也忍不下去的凱激動地起身，受到刺激的費瑟斯頓學生也跟著站了起來。

「別突然站起來啦，野蠻人，我可是不介意現在就去外面打一場喔？」

「——啊？這樣正好。如果你想在吃飯前就被人打掉門牙，那我願意奉陪。」

「哎呀，真是粗暴。難道你連對手的實力都看不清楚嗎？我們這邊可是有三年級生喔。」

雙方人馬聚集到兩張桌子的中間，凱與費瑟斯頓的學生在近距離互瞪。店內的氣氛一觸即發，奧利佛立刻介入阻止。

「等等……！雙方都冷靜一點！難得的假日，何必這樣吵架呢！對了，我來為大家表演才藝，這件事就這樣算了吧！」

少年靈機一動似的拔出白杖。費瑟斯頓的學生立刻將手伸向杖劍，奧利佛笑著伸出左手阻止他們，然後立刻朝自己詠唱咒語。

「**獻上花束**（埃姆沙爾）！」

詠唱聲在店內迴響的瞬間，少年的衣領就一口氣長出許多植物的莖，那些莖前面的花蕾迅速綻放，沿著少年的頭部開出一圈滿天星。

奧利佛維持從白色花束中露出臉的狀態，戰戰兢兢地轉向費瑟斯頓的學生們。

「……怎、怎麼樣？」

即使無法逗他們笑，應該也能緩和氣氛。奧利佛抱著這樣的希望表演才藝——過不久，他的頭

上傳來冰冷的觸感。前方的對手露出嘲諷的笑容，將手上的玻璃杯往奧利佛的頭上倒。

「我只是在澆花，不需要向我道謝。」

少年呆站在原地，冷水沿著他的脖子往下流，滲入襯衫和長袍。目睹這一切的卡蒂和雪拉憤怒地起身——但在兩人開口前，眼前已經迸出一道閃光。

「——呀啊啊啊啊啊啊！」

現場響起一陣慘叫。等聲音和光芒消失，費瑟斯頓的學生已經按著流血的臉在地上打滾。他周圍的同伴一時無法掌握狀況，呆站了幾秒。

「——咦？」「……啊？」

等他們總算理解到「同伴被攻擊」的事實後，立刻重新看向前方。在那裡——眼鏡少年維持丟出炸裂球的姿勢，瞪著他們說道：

「——道歉。」

眼鏡少年的聲音既低沉又冰冷，眼神也已經超越憤怒，甚至釋放出殺氣，就連回過頭的奧利佛都忍不住倒抽一口氣，他從來沒看過室友這麼激動的樣子。

「皮、皮特……？」

「你們立刻——給我跪下來向奧利佛磕頭道歉！」

皮特大吼出聲，並毫不猶豫地拔出杖劍。面對這股敵意，就連費瑟斯頓的學生都忍不住被他的魄力嚇到後退。

「這、這傢伙！」「好大的膽子——唔？」

他們一齊將手伸向杖劍，但凱的右手已經緊緊抓住其中一人的手腕。

「給我到外面來——別以為道歉就能了事。」

高個子少年冰冷的聲音，讓對手嚇得倒抽了一口氣。凱不想在用餐的地方大鬧，這是讓他仍勉強維持自制的唯一原因。後面的皮特則是已經開始在挑選要先用咒語攻擊哪一個人了。

與此同時，在因為衝突即將開始而騷動的店內，坐在不同桌的三位客人一齊起身。

「看來是無法和平收場了——好，你們就打一場吧。」

「八對六，先挑釁的是費瑟斯頓那邊。哈哈，這狀況真不錯。」

「要把桌子移開嘍——沒關係吧，店長！損害的費用由我們負責！」

年輕男女的聲音依序響起，之後從三人白杖放出的魔法接連命中店內的桌椅，粗魯地將那些桌椅連同上面的料理和客人一起移到角落，騰出一個足夠讓人決鬥的空間。

卡蒂、雪拉和奈奈緒在椅子移動前就先起身，趕到前方三人的身邊。同樣地，費瑟斯頓的學生們也在倒地的同伴周圍集合。兩個集團正面對峙後，男子朝奧利佛他們高聲宣告：

「你們這些二年級的聽好了。告訴你們一件重要的事。我只說一次，所以千萬別忘了。

這座城市是金伯利的地盤。所以無論被誰挑釁——『都要照單全收』！」

三名魔法師露出不懷好意的笑容，像裁判一樣站在剛布置好的戰場周圍。其實這三人「都是金伯利的高年級生，就連在廚房內聳肩的店長都是已經畢業的學長」。奧利佛的表情瞬間僵住，沒錯

——可怕的是，伽拉忒亞就是這樣的城市。

「——什麼……」「呃……？」「咦……啊……」

事情發展得太快，跟不上狀況的費瑟斯頓的學生們握著杖劍不知所措。相較之下，他們正面的兩人則是立刻衝了過來。

「**瞬間爆裂**！」「看招！」

皮特的爆裂咒語直接命中三年級的女學生將她打飛，凱的拳頭則是將一個二年級的男學生打得往後仰。兩人在沒遇到任何抵抗的情況下先發制人，對手連忙開始應戰，從正面砍了過來，但兩個少年各自喊道：

「笑死人了！金伯利的人要比你們可怕兩倍以上！」

「潑奧利佛水的傢伙，快點把臉治好！別以為這樣就能了事！」

兩人完全不在意人數的不利，反倒是費瑟斯頓的成員被他們的氣勢嚇得後退。突然要跟人打架時最重要的一點，就是要先主動出擊，這是技術和戰術之前的問題。簡單來講，就是先掌握主導權的一方比較有勝算。

然而凱和皮特並沒有特別注意到這個原則，不如說他們根本不需要注意。畢竟他們可是在金伯利撐過了最初的一年，在那個隨時都有可能喪命的環境度過了一整年，所以他們早就隨時處在備戰狀態。

「哇、哇哇……！」「這、這些野蠻人……！」

但費瑟斯頓的學生們就不是這樣了。在人權派校長建立的秩序下，他們過的生活遠比金伯利平穩，根本不曉得戰場長什麼樣子。對他們來說，打架就是從吵架開始一步步進行的小衝突，但對金伯利的學生來說，打架只比互相殘殺稍微好一點點。在比較雙方作為魔法師的實力之前，這方面的觀念差異已經讓雙方在戰場上的速度產生極大的落差。

「可惡，別太得意忘形——唔？」

直到第三個同伴也被輕易打倒後，費瑟斯頓的女學生才總算準備好反擊，但她才剛要攻擊眼前的凱，就馬上被從凱後方飛來的雷擊打中胸口倒下。

「——卡蒂。」

動手的人是捲髮少女。站在凱等人後方的卡蒂不知何時已經舉起杖劍，一旁的雪拉驚訝地看著她。少女以顫抖的聲音說道：

「……你們真是口無遮攔……我……我還不是……！」

悲傷、憤怒、自責與內心的糾葛——卡蒂溼潤的眼神當中，包含了這些甚至無法訴諸言語的情感……費瑟斯頓的學生們根本不明白她究竟是抱著什麼樣的心情度過這一年。卡蒂得知現實，重新審視自己的理想，並在這兩者之間痛苦掙扎。她是多麼拚命在追求自己該做的事情，這些費瑟斯頓的學生們都不知道。

「卡蒂，也讓在下加入吧。」

但奈奈緒知道，所以她站到捲髮少女的身邊。兩人在同一個房間住了一年，作為最親近的朋友，奈奈緒想體會卡蒂的心情。

縱捲髮少女近距離凝視兩人後，用力嘆了口氣。

「……啊啊，真是沒辦法！」

雪拉放棄平息爭端，拔出杖劍……當然，在這種地方吵架根本不符合她的興趣，但她更無法容忍同伴就這樣被人侮辱。

另一方面，也有人還沒有放棄。負責統率費瑟斯頓學生的人──丹尼爾．波洛克仍在一臉悲痛地制止陷入亂鬥的同伴。

「等等，大家先別衝動……！可惡，事情不該變成這樣……！」

「……Mr.波洛克，我也深有同感。」

一個少年站在波洛克面前，他脖子上那些用來表演才藝的滿天星已經逐漸掉落。奧利佛淡淡地對警戒著後退的波洛克說道：

「這間店的氣氛很平靜，你是因為覺得頂多只會吵架才跑來挑釁吧……我不會怪你太輕率，畢竟我也錯估了同伴生氣的時機。

最重要的是……我們似乎都太小看這個離金伯利最近的城市了。」

除了反省以外，奧利佛的話裡甚至還包含了對波洛克的同情。在懊悔地咬牙的波洛克面前，奧利佛將手扶在杖劍上。

「事到如今，不管我們說什麼都沒用了……如果你也接受這個事實，就拔劍吧。」

「……唔！」

這與雙方有沒有戰鬥的意思無關，而是只剩下這條路可走。費瑟斯頓那邊的領導者，在明白這點後拔出杖劍，奧利佛也拔劍回應——於是他們也跟著投身這場有違本意的鬥爭。

從結論來說，這場衝突不到六分鐘就分出勝負了。

「——呃，費瑟斯頓的學生們好像已經都站不起來了？」

「看來是這樣沒錯。那麼，這場戰鬥是由金伯利的學弟妹們獲勝。幹得好喔～」

店內響起悠哉的鼓掌聲。金伯利的高年級生看向倒在地上的費瑟斯頓學生們，不屑地說道：

「只過了五分多鐘啊。你們這些費瑟斯頓的書呆子，再努力撐久一點啦。」

「不，是我們的學弟妹太強了。六個人都經過紮實的鍛鍊。」

至於獲勝的一方，則是得到了這樣的讚美。雖然凱、皮特和卡蒂的身上到處都是燒傷和瘀青，但還是所有人都站著。剩下的三個人甚至完全沒受傷。

因為對手那邊沒有特別厲害的人物，所以打從他們率先搶到戰鬥的主導權時開始，結果就已經注定了。為了讓凱他們三個能盡情大鬧一場，奧利佛、雪拉和奈奈緒刻意將干涉控制在最低限度。

「看了一場好戲呢。喂，要把桌子移回去嘍。」

「也替那些喪家犬治療吧。如果他們年紀再大一點，就可以直接丟到店外面了。」

桌椅接連被咒語移回原本的地方。六人原本已經做好被客人們抱怨的覺悟，但那些人只是稍微聳肩就若無其事地繼續用餐。廚房甚至連學生們在打架時都繼續做菜，可見這點程度的騷動根本是家常便飯。

「那位高大的同學，過來這裡一下。你嘴巴旁邊受傷了。我個人是不討厭這種粗暴的打法，但打到後來就有點衝得太過頭了。」

「啊……不用了，我沒事……」

其中一個高年級生向凱招手，但他婉拒了對方，重新轉向其他同伴。打架時的興奮已經平息，他的臉上只剩下反省的表情。

「……該怎麼說才好……抱歉……」

「……我才不會道歉。」

站在凱旁邊的皮特嘟著嘴說道，兩人的樣子讓奧利佛露出苦笑……鬧得這麼大後，事到如今奧利佛也不想責怪任何人。不如說他覺得真正最沒用的人，是無法好好制止同伴的自己。

「……我明白，剛才是我……」

「你也不准道歉！」

奧利佛正想開口，皮特就搶先衝過來打斷他。看見奧利佛的嘴巴被摀住說不出話的樣子，其他人總算也放鬆了下來。

「大家都不需要道歉啦……大鬧一場後，我也覺得舒暢了一點。」

卡蒂收起杖劍說道。她用瘀青未消的臉，露出摻雜著苦笑與難為情的表情。

「而且這次我也有參戰……讓我覺得有點開心。」

這句話讓其他五人想起……在剛入學不久時，他們也曾因為有人侮辱卡蒂而在教室打架。當時是無法忍受對方說卡蒂壞話的奧利佛率先發難，凱和奈奈緒也跟著加入大鬧了一場，事後三人一起被關進了反省室。雖然這已變成令人懷念的往事，但捲髮少女一直很後悔自己當時什麼都辦不到。

「哈哈，妳這次確實大鬧了一場呢。」

「對吧，我該認真的時候也是會認真的。」

凱笑著伸出拳頭，卡蒂也將自己的拳頭碰了上去。這幅景象讓奧利佛深刻體會到大家在這一年都變堅強了。

六人重新入座，這時突然有個人影走了過來。六人一看過去，就發現一個費瑟斯頓的學生低頭站在那裡。

「…………」

「……Mr.波洛克。」

奧利佛主動搭話，波洛克和他對視了一眼後，再次低下頭。

「……我原本完全沒有想要打架的意思，但先挑釁的確實是我們這邊的人……關於剛才的事情，我們這邊的確需要反省。」

波洛克表情苦澀地說道。奧利佛也很明白他的心情，所以同情地輕輕點頭。

這時候波洛克突然抬起頭，筆直看向六人——特別是至今仍持續散發敵意的眼鏡少年。

「可是這樣下去會留下遺恨。開始打起來後，就沒有誰對誰錯的問題……但不過是澆了一點水就用爆裂球報復，實在是太過火了。」

「……我可不會道歉。」

皮特在明白對方意思的情況下，繼續重複剛才的話。他的眼神裡完全沒有退讓的意思。

在沉重的沉默中與皮特互瞪的波洛克，突然踉蹌了一下，大概是打架時受到的傷害還沒完全恢復吧。察覺這點的雪拉，看向隔壁桌的椅子。

「你現在還站不太穩吧，可以坐下來說沒關係。」

「……不用了。雖然才剛出過醜，但我畢竟是團體的老大。更重要的是——身為名校費瑟斯頓的學生，我不能再繼續丟臉了。」

波洛克毅然拒絕對方的體貼，勉強挺直無力的身軀。雪拉尊重他的骨氣，沒有再多說什麼。這個少年也是個魔法師。

本來以為雙方該講的話都講完，差不多該分道揚鑣了——但波洛克突然看向捲髮少女。

「我想確認一件事。這位同學，我剛才聽見他們叫妳卡蒂。妳的全名該不會是卡蒂．奧托吧？」

卡蒂一聽就驚訝地睜大眼睛，然後一臉困惑地點頭。

「……是這樣沒錯……」

「果然啊。」

波洛克扶著額頭嘆了口氣，再次轉向少女說道：

「Ms.奧托。我之前就有聽說妳這位偉大人權派先驅的千金，最後偏偏進了金伯利就讀的消息。妳刻意讓自己置身思想完全相反的環境，我個人是對這種氣概感到相當佩服……但看來這個選擇並未朝好的方向發展。」

「…………」

「在完全染上那裡的習性前，妳應該考慮轉學到費瑟斯頓。我們的校長一定也會歡迎妳……雖然可能是我多管閒事，但這是我基於善意的忠告，請妳別忘了這點。」

波洛克說完後，店內突然響起呻吟聲。於是他轉身準備離開。

「看來我的同伴醒了……我這個輸家就先告退了。

但別以為這樣就結束了。幾乎所有費瑟斯頓生，都曾因為金伯利相關人士的蠻橫吃過苦頭。總有一天一定會讓你們付出代價。」

費瑟斯頓的少年懷著自負與不服輸的精神留下這句話後，就回到同伴們的身邊。奧利佛看著他離開，輕輕嘆了口氣。

「……結果讓金伯利與費瑟斯頓的仇恨又變得更深了……」

「不用放在心上啦，畢竟是他們先來挑釁的。」

「……可是……這並非都是他們的錯。那個人也說了，幾乎所有費瑟斯頓的人都吃過金伯利相關人士的虧……」

「那又不是我們幹的，硬把我們和那些人歸類在一起，根本是在找麻煩。」

皮特側眼看向沮喪的卡蒂，乾脆地如此斷言。此時服務生端了前菜過來。

「看來要重新開始上餐了……雖然事情的發展變得有點奇怪，但大家重新打起精神用餐吧。聽說所有魔法師都很喜歡這裡的酥皮濃湯呢。」

雪拉催促大家轉換心情，其他人接受後，總算重新開始享用晚餐。幸好接下來的料理都非常美味，捲髮少女在看見主餐的酥皮濃湯後，表情也瞬間開朗了許多。

因為餐後又閒聊了一會兒，等六人離開餐廳時，夕陽餘暉幾乎都快要消失不見了。路上的行人數量大為減少，城市正逐漸進入安眠的時間。

「——時間剛剛好，我們去掃帚騎乘場吧。」

沒有人反對奧利佛的意見。起飛時要從掃帚騎乘場升空，飛行時要沿著空路前進，降落時要在降落場落地。為了防止空中的追撞事故，除了擁有特殊許可的人以外，在伽拉忒亞市內的飛行都受到嚴密的控管。

奧利佛率先踏出腳步，其他五人緊跟在後，但剛走沒多久，捲髮少女就快步追上少年與其並肩而行。

「……吶，奧利佛。」

「怎麼了，卡蒂？」

奧利佛轉向少女，在他的視線前方，卡蒂一臉嚴肅地開口：

「……我已經……完全染上金伯利的習性了嗎？」

「——唔——」

少年的嘴巴僵住了。她是因為聽了費瑟斯頓的學生們——特別是Mr.波洛克的話才提出這個疑問。奧利佛十分能夠理解卡蒂的心情，她從平常就在反抗金伯利的現況，所以不可能不在意別人這樣說自己。

奧利佛默默走在夜晚的街道上，慎重挑選詞彙。過不久，他對在一旁靜待回答的卡蒂說道：

「……妳確實已經適應金伯利的環境。不只是妳，我們全都一樣。」

「…………」

「但這並不表示妳的心已經屈服於金伯利的常識……卡蒂，妳依然是妳。最根本的部分仍和我們在入學典禮第一次相遇時一樣，一點都沒有改變。」

少年開口保證卡蒂・奧托仍是以前那個卡蒂・奧托。

不如說他更擔心未來的發展……如果就算經歷這麼荒謬又殘酷的一年，也完全無法改變她溫柔

的本性。「就算經歷這些事也沒有染上金伯利的習性」——那她真的應該待在那個魔境嗎？

「……不過，如果……妳想逃離現在的環境……」

奧利佛基於這樣的擔心繼續說道。他其實不想說——但無論再怎麼不願意，他都必須說出口。因為明明知情卻隱瞞不說，不符合對朋友的道義。

「…………我也無法阻止妳。我們沒有那個權利。就像Mr.波洛克說的那樣……轉學去費瑟斯頓也是一個選項。」

「……唔……！」

卡蒂在聽見這句話的瞬間，感受到一股彷彿胸口被人貫穿的疼痛，就連呼吸都變得困難。……她知道這段話是少年誠意的表現。是將自己的感情埋藏在深處，以朋友的未來為最優先做出的體貼發言。奧利佛．霍恩就是這種人。

不過唯獨現在……她不希望少年這麼做。比起誠意或體貼，她更希望少年能基於任性的感情慰留自己。卡蒂在心裡的某處期待少年能夠丟下所有道理，說出「我不希望妳離開」。不對，應該說她如此期望。

「……唔……」

少女覺得自己太過任性，並對自己的願望感到羞愧……明明都交到這麼難能可貴的朋友了，居然還希望對方給予超出誠意的東西。真是愚蠢。明明自己打從一開始就沒有這種資格與權利。

「……不過，如果事情變成那樣……」

低著頭的卡蒂，再次聽見少年的聲音。她稍微抬起視線，發現一旁的奧利佛正握緊拳頭，像是在忍耐什麼般仰望夜空。

「……我會非常難過……而且一定……會覺得很寂寞……」

這是從被埋藏的深處稍微流洩出來的一絲感情。少女在聽見這句話的瞬間，內心就立刻充滿了溫暖。

「……討厭啦！我怎麼可能會轉學嘛！」

「——唔？」

卡蒂開心地用力拍了一下對方的背。這出乎意料的一擊，讓奧利佛的身體往前彎，卡蒂對著少年的背繼續說道：

「我之前也有說過吧。我已經決定要在金伯利戰鬥了……的確，如果轉去費瑟斯頓，或許就能遇見許多志同道合的人——但要是去了那裡，我一定會變得比現在軟弱。」

卡蒂感覺自己在講出這些話的同時，內心的動搖也逐漸平息了。至此她恍然大悟，原來自己一次想解決太多問題，導致差點忘了自己的初衷。

「我現在已經清楚回想起來了。我並不想和同志待在一起讓自己安心。不如說正好相反！我想認識許多想法完全不同的人並誠懇地面對他們，即使有時候會生氣或想哭，也要用這樣的方式和他們互相理解……在金伯利絕對不會缺少這種機會，這是我唯一喜歡那裡的地方！」

卡蒂雙手扠腰，挺起胸膛說道。奧利佛瞇起眼睛。他透過少女的身影，確定她對自己的選擇毫不後悔。

或許是覺得被少年凝視很難為情，少女別過臉繼續說道：

「聽起來很蠢吧。雖然爸爸和媽媽都大力反對，但我最後還是用這個理由說服他們讓我來念金伯利了……真是的！我從以前就只有講這種冠冕堂皇的話特別厲害呢——咦？」

這次換她被人突襲了。卡蒂感覺到自己的右手被一股強而有力的溫暖包住，她不禁用僵硬的視線看向旁邊。

「——呃，那個……奧利佛……？」

少年握著她的手繼續往前走。他的嘴角帶笑，眼神也像是在一片荒地中看見一朵花般溫柔。

「……卡蒂，妳真耀眼。」

奧利佛只說了這句話——但這短短一句話，就足以將卡蒂擊沉了。少女滿臉通紅地陷入沉默，後面的四人也沒有插話，靜靜守護那個和少年並肩前行的嬌小背影。

六人走了約五分鐘就抵達掃帚騎乘場，然後各自跨上自己的掃帚。剛才走在最前面的奧利佛這次負責殿後，改由縱捲髮少女領導大家進行接下來的空中之旅。

「傍晚的飛行比白天還要危險。要小心鳥，並注意不要發生意外——」

「哎呀？」

雪拉在說明出發前的注意事項時，被一個悠然的聲音打斷。對那個聲音很熟悉的雪拉，立刻看向聲音的方向。

「哎呀哎呀哎呀，我還在想是誰呢，原來是我親愛的女兒和她的朋友們。」

「父親？」

一個留著和雪拉一樣的金色縱捲髮的男性——西奧多．麥法蘭，出現在已經跨上掃帚的六人斜後方。男子發現女兒緊盯著自己，笑著聳了一下肩。

「雪拉，不需要做出這種好像遇見巨獸種般的反應吧。妳的父親偶爾也是會到城裡逛街的。」

「我不是驚訝你出現在市內，而是驚訝你回來了。你到底什麼時候回來的？」

「大概幾天前吧，這次我去了很多聯盟的國家。」

西奧多的說明只到這裡為止，他沒有說明旅行的具體內容，直接看向東方少女。

「話說這個時機正好——奈奈緒，可以稍微陪我聊一下嗎？我春假期間都不在，所以一直沒機會聽妳說去年過得怎麼樣。」

「嗯——？在下嗎？不是雪拉大人？」

「我也很希望能這樣，但還是等改天再和心愛的女兒相聚吧。如果一直把妳的事延到後面，我會被她罵的。」

西奧多說完後，就惡作劇地吐了一下舌頭。雪拉困擾地回答：

「雖然我很高興你有這個心，但我們正要回去。不能之後再約學校見面嗎？」

「也不是不行。但難得有這個機會，我想送點禮物給在異國努力了一年的奈奈緒。在學校買禮物就太遜了吧？」

西奧多的話，讓人搞不懂究竟是認真還是開玩笑。不曉得該如何回答的雪拉看向奈奈緒，但當事人正看向其他地方。

「唔。可是在下——」

她依依不捨地看向負責殿後的少年。雪拉不用問也能明白她的心情——奈奈緒很期待能和奧利佛來趟空中之旅，期待的程度甚至不輸這趟觀光之旅本身，她在來這裡的路上也表現得非常興奮。如果只讓奈奈緒留在這裡，她就必須和奧利佛分開回去。

「……嗯？嗯嗯嗯？嗯？」

西奧多也和女兒一樣察覺了狀況。他交互看向奈奈緒和奧利佛，像是想到什麼好主意般敲了一下手。

「……好，那邊那位少年，你是Mr.霍恩吧。你也一起留下來如何？」

「咦？」

「當然我不會占你的便宜。我也會買一份小禮物給你，順便告訴你一些金伯利的祕密情報吧。我以前念書時，可是個出了名的壞學生呢。」

西奧多換提出奇妙的條件誘惑少年。奧利佛困惑歸困惑，還是覺得金伯利的祕密情報很有吸引力。光是能知道一個其他學生不知道的祕密房間，就已經算是很大的收穫。

「……雪拉。」

「……沒辦法了。雖然不曉得他在打什麼壞主意，但你們不介意的話就陪他一下吧。」

縱捲髮少女半放棄地回答。她也不曉得父親有什麼目的，但看得出來他意志堅定。既然很難拒絕，讓奧利佛留下來也不違背奈奈緒的希望。

做出結論後，被點名的兩人跳下掃帚。奧利佛走向和即將回校的四人相反的方向，同時跟朋友們道別。

「我知道了——各位，不好意思，我們就先在這裡解散吧。我和奈奈緒會晚點回去。」

「事情就是這樣。各位，不好意思。」

「嗯、嗯。」「喔……」

「……我會在房間裡等你回來。」

皮特有些不悅地說道。雪拉最後筆直凝視父親。

「父親，請你務必要好好照顧他們兩個。」

「那當然。晚安，我心愛的女兒。」

西奧多走過去親了一下女兒的額頭後，就轉身與奧利佛和奈奈緒會合。包含雪拉在內的四人目送他們離開，直到他們的背影消失在黑暗當中，才無奈地飛向夜空。

「奈奈緒，在金伯利度過的第一年還好嗎？」

西奧多和兩名學生一起踏上夜晚的街道後，首先提出這個問題。少女雙手抱胸，稍微思索了一會兒。

「只能用波瀾萬丈來形容吧。要不是有同伴幫忙，在下不曉得已經死幾次了。」

「哈哈哈哈哈！我放心了，跟我當初的第一年差不多。那間學校真是一點都沒變呢！」

奈奈緒的回答讓西奧多大笑出聲。雖然相對於內容，這樣的反應可說是非常糟糕，但金伯利的老師就是如此。就在奧利佛緘口不語時，男子突然將頭轉向他。

「我聽嘉蘭德說過了。Mr.霍恩，你是奈奈緒的『劍侶』吧。」

「……我還是第一次聽說這個稱呼。」

「這是我想的簡稱。唉，不用那麼拘謹。其實最讓我感到出乎意料的人就是你。畢竟我本來以為在一年級的階段，頂多只有我的女兒能和奈奈緒正面交鋒。」

西奧多說完後，一臉好奇地看向少年。這讓奧利佛也跟著改變了想法——他本來以為自己只是用來讓奈奈緒留下來的藉口，但是這樣看來西奧多對他也有點興趣。既然如此，在回答時就必須小心一點。

「……我不知道我們現在的實力差距有多少。畢竟奈奈緒的成長速度難以估計。」

「話雖如此，你這一年也不是都在打混吧？請你以後也要繼續努力修練。這也是為了維持奈奈緒的幹勁。」

奧利佛在這段期間不怎麼主動說話，基本上只有含糊地回應——與其不小心讓西奧多對自己產生興趣，不如讓對方把自己當成奈奈緒的附屬品還比較好。儘管不是「仇人」之一，但這個男人在教師當中也算是和校長艾絲梅拉達走得很近，所以千萬不能大意。

不曉得是察覺奧利佛沒有很想說話，還是單純對他沒什麼興趣，西奧多很快就轉向奈奈緒，看向她背上的掃帚。

「奈奈緒，聽說妳在掃帚競技方面也非常活躍。而且居然偏偏是選上了那支掃帚。」

「您是說天津風嗎？如您所見，牠已經是在下的好搭檔了。」

少女握著掃帚的握把，得意地說道。西奧多看著少女的身影，懷念地瞇起眼睛。

「我真的非常羨慕妳……妳知道上一個擁有那支掃帚的魔法師是誰嗎？」

「不太清楚，只聽說是個厲害的騎手。」

「是啊。她就跟現在的妳一樣，是眾人憧憬的對象——同時也是我的朋友。」

男子像是在回憶過去般仰望夜空，輕聲開口：

「克蘿伊．哈爾福德……只有這個名字讓人絕對無法忘懷。」

西奧多感慨的樣子，讓奧利佛將內心的警戒程度又提升了一個層級——他沒想到居然會偏偏在這時候談起這個話題。

「原來還有這樣的緣分。那個人現在在哪裡呢？」

「很遺憾，她哪裡都不在了。按照你們國家的說法，就是到陰間去了。」

男子以獨特的方式回答不太了解狀況的奈奈緒。他的表情看起來有些寂寞。

「自從失去她後，那支掃帚就一直不願意接受任何人。別說是我了，就連其他老師和學生……甚至連艾米都一樣。」

「艾米是誰？」

「艾絲梅拉達——就是你們的校長。她曾經是我的學妹，但好笑的是現在我們的立場已經完全顛倒了。哈哈哈哈哈！」

西奧多發出足以將剛才的陰鬱氣氛一掃而空的大笑聲。男子重新恢復平常的步調後，笑著轉向少女。

「所以牠能再次遇到像妳這樣優秀的騎手真的很幸運。是叫天津風嗎？真是個好名字。妳要好好珍惜牠喔。」

奈奈緒毫不猶豫地點頭，「前任騎手」的話題就到此結束。奧利佛在心裡鬆了口氣，但等走在前面的西奧多轉進第四個彎時，對此感到不安的少年忍不住開口：

「……我們好像走進了非常複雜的小路。」

「你們白天都是走大路吧？難得在晚上的伽拉忒亞散步，不冒險一下就虧大了。」

西奧多回答時，嘴角露出像個壞孩子的笑容。奧利佛在看見這個表情的瞬間，就因為和剛才不同的原因提高警覺——雖然男子說過自己念書時是個有名的壞孩子，但看來那並非隨便說說。

「來講點可怕的話題吧。聽說這個城市最近有砍人魔出沒。」

愈往巷子裡走，路燈的數量就愈少，三人就這樣被彷彿有什麼東西潛伏其中的黑暗包圍。男子突然像是想主動配合這個氣氛般，說出類似怪談的話題。

「而且那傢伙不會攻擊普通人，專挑魔法師襲擊。雖然還沒有人因此而死，但光是這個月就有三個人被砍。而且是慣用手的手腕被砍斷。」

奧利佛板起臉。如果這只是為了嚇他們才編出來的故事倒還好，但如果不是就麻煩了。少年先考慮比較壞的可能性，開口說道：

「……看來犯人懂魔法劍呢。」

「不只是懂而已。被砍的三人有一個是伽拉忒亞的守衛。如果沒有相對應的實力，根本無法承擔這份工作。那可不是一般魔法師開開玩笑就能砍傷的存在。」

西奧多補充的情報讓危險度再次增加，奧利佛終於忍不住開口抱怨。

「既然這麼危險，應該不需要特地在晚上出來散步吧。」

「呵呵呵。Mr.霍恩，你的意見非常正確。但你可別忘了現在帶領你們的人是誰。」

男子轉向兩名學生，裝模作樣地將手抵在胸前。

「沒錯，就是我西奧多・麥法蘭。雖不是正式的老師，但我好歹也是金伯利的教職人員。怎麼可能輸給區區的砍人魔。就算現在被他襲擊，我也會立刻反過來打倒他——怎麼樣，可靠吧！」

與本人的主張相反，那個樣子比起可靠更像是可疑。奧利佛在心裡做出還是別太依賴這個人比較好的結論。就在這個時候，奈奈緒突然開口：

「話說麥法蘭大人——請問那個人是哪位？」

少女凝視著陰暗巷子的前方，其他兩人跟著看過去，發現有個穿著骯髒外套的人擋在路的正中央，臉被帽子遮住看不清楚，西奧多困惑地哼了一聲。

「……是誰呢？看起來不像是這個城市的路人。」

「不過他擋住了我們的去路……」

在兩人說話的期間，奧利佛已將手放在杖劍上。因為那個人的外表和氣息明顯不是普通路人。

三人突然聽見一陣像是有風穿過縫隙的怪聲。不敢大意的奧利佛擺出隨時都能拔刀的架勢，下一個瞬間，只見神祕人物的身體突然稍微下沉。

「——要來了，奈奈緒！」

在少年發出警告的同時，對方衝了過來。奧利佛立刻用雷擊咒語迎擊，敵人橫跳躲開後直接在牆上著地，維持一樣的速度衝向已經拔刀的奈奈緒。當垂直的兩人短暫交會時，對方的外套底下亮出刀光。

「唔——！」

那一擊來自正常對峙時不可能會有的角度，但奈奈緒還是靠瞬間的判斷擋了下來。刀劍交鋒擦出火花。敵人繼續踩著牆壁往前跑，等三人回過頭時，他已經在離他們超過六碼遠的場所著地。

奧利佛在看見這一連串的動作後，表情變得更為凝重……對方藉由控制重心在牆壁上奔跑，那是在拉諾夫流中被稱作「壁面踏步（wall walk）」的招式。奧利佛也有學過這招，但在一對三的狀況下選擇用這招發動第一擊的膽識還是令人驚訝。這種人通常不是對自己特別有自信，就是根本不怕死。

「哎呀，這就是所謂的說人人到吧。」

在奧利佛分析敵人時，一旁的西奧多悠然拔出杖劍。雖然少年比較希望他剛才就能幫忙迎擊，但或許這是一種從容的表現。

「你們兩個先退下，這傢伙就交給我解決——擾亂城市和平的砍人魔！感到光榮吧，由我來當你的對手！」

西奧多裝模作樣地舉起杖劍。該說不意外嗎？他的架勢和雪拉一樣是利森特流。奧利佛帶著奈緒一起後退，然後開始趁機觀察他。雖然砍人魔也是不容小看的對手，但能在近距離觀看金伯利教師戰鬥的樣子更是貴重的機會。

剛才那個像風聲的怪聲再次響起。敵人也配合西奧多前進，雙方毫不猶豫地進入一步一杖的距離。奧利佛倒抽了一口氣。從第一擊開始，對方看起來就沒有使用咒語的打算。

「喝啊啊啊！」

雙方互瞪了幾秒後，幾乎同時砍向對手。西奧多瞄準敵人的手臂揮下杖劍。他不愧是金伯利的教師，不僅動作犀利，就連劍速都遙遙領先敵人——

「……咦？」

但雙方的斬擊交會之後，受傷流血的卻是西奧多的手腕。

寂靜降臨陰暗的小路。西奧多低頭看向自己被砍傷的手腕，嘴角浮現出笑容。

「——逃吧！」

下一個瞬間，他立刻轉身逃跑。感到傻眼的奧利佛，連忙帶著奈奈緒一起追上去。

「什麼……！請等一下！你剛才的威風都到哪兒去了？」

「究竟是到哪兒去了呢！不過比起威風，我們現在更該尋找活路！」

西奧多毫不愧疚地繼續逃跑。但在察覺有股銳利的氣息從背後逼近後，他發出慘叫：

「唔哇！追過來了！」

覺得這是理所當然的奧利佛，朝背後放出牽制用的爆裂咒語，但結果跟他想的差不多，咒語落空並擊中地上的石磚。在奔跑的同時朝反方向施放咒語原本就不好瞄準，想打中高手更是不容易。雖然少年想靠增加攻擊的數量彌補，但必須用雙手握杖劍的奈奈緒，並不適合朝背後使用射擊類的咒語。

「請你至少也幫忙放一些咒語！你受的傷應該沒那麼重吧？」

少年考慮到這些因素，不抱希望地朝西奧多大喊，但他深感遺憾似的搖頭回答：

「我也很想幫忙，但不巧的是肌腱被砍斷了！不僅沒辦法動還超痛的！」

奧利佛原本就大概猜到這個結果，所以也沒特別失望。就在他認定西奧多無法構成戰力時，一旁的奈奈緒開口說道：

「不能把他引到有人的地方。奧利佛，在這裡迎擊吧。」

「……看來只能這麼辦了。」

兩人互相點頭停下腳步，與追趕在後的敵人對峙。砍人魔也同時停下腳步，擺出架勢。至於西奧多，則是在兩個學生背後大喊：

「小心點！剛才那一擊有古怪！不然我不可能會被砍到！」

「……雖然我非常懷疑後半段的內容，但我同意前面的部分。」

奧利佛在諷刺的同時，也大概能理解他的意思——沒錯，西奧多剛才並不是因為大意才被砍中。奧利佛也覺得那一擊看起來很奇怪。既然無論時機的掌握或劍速都是西奧多略勝一籌，那照理說應該是他會贏。

當然，奈奈緒也有發現這點。即使如此，她還是正面與對手對峙，並首次向砍人魔喊話：

「您看起來是位高手——在下是來自日之國東陸永泉的武士，名叫響谷奈奈緒。請問閣下尊姓大名。」

同為持劍者，奈奈緒在認同對手的情況下，以武人之禮詢問對方的名號。然而她這個光明正大的行為，並沒有獲得回應。

「……他不會回答的。奈奈緒，妳仔細看他的嘴巴。」

「唔。」

奧利佛也是不久前才注意到。從斜上方照射的路燈光芒下，能隱約看見敵人帽子底下的狀況。

令人驚訝的是——那裡有一張「被縫起來的嘴」。那張嘴被縫得非常緊，所以應該是無法發出聲音。

奧利佛此時總算理解……對方並非不使用咒語，而是連詠唱都沒辦法。少年從敵人被縫起來的嘴巴看向脖子，發現剛才的風聲就是來自那裡。那是「呼吸」。這個砍人魔是用脖子上的洞代替被封住的嘴巴呼吸。

這怎麼看都不是正常人會做的事情，但奧利佛姑且能夠明白對方的意圖。透過縫住嘴巴封印咒語，藉此提升自己的劍術——這是過去的魔法師之間曾流傳的修練方法。為了將魔法劍的技術提升到極限，他們捨棄依賴咒語的念頭逼迫自己。最後的結果就是眼前的景象。

當然，現代根本不會有人這麼做。雖然光是效果就已經夠讓人存疑，但更重要的是，禁用咒語對魔法師來說就和禁止呼吸是一樣的意思。只要還有正常的思考能力，就不會做出這種愚蠢的行為，換句話說——

「……墜入魔道。這個人已經瘋了。」

奧利佛說出從眼前的景象導出的結論。奈奈緒點頭回答：

「……的確——但他的劍氣毫無混濁。」

少女的話，讓少年一時忘了現在的狀況露出苦笑……沒錯，這是再明白不過的事情。眼前的對手究竟是不是瘋了——這點小事對她來說，從一開始就不是問題。

「奧利佛，這裡可以交給在下嗎？」

「……他可不好應付喔。」

「在下明白，但看來對方期待一對一的決鬥。」

奈奈緒直直盯著砍人魔說道。她不用對話就能明白，眼前的對手是抱持著純粹到接近瘋狂的想法，在與自己對峙。

雙方就這樣達成共識。奈奈緒朝前方踏出一步時，西奧多從她的背後喊道：

「小心點，奈奈緒……我被砍過所以明白，剛才那一擊真的很奇怪，我也不知該怎麼接招——不對，在那之前……」

他稍微停頓，在煩惱了一會兒後，戰戰兢兢地開口：

「『我甚至不曉得自己是怎麼被砍到的』。那個——說不定是『魔劍』。」

西奧多說出更加可怕的假設。奈奈緒接受他的警告，面向前方回答：

「感謝您的忠告。不過——應該不是。」

奈奈緒的聲音裡包含了確信。在奧利佛的屏息凝視下，東方少女再次踏出腳步與砍人魔對峙，並擺出上段的架勢。

「讓您久等了。那麼，一決勝負吧。」

砍人魔以呼吸聲回應。在那之後，令人窒息的寂靜持續了幾秒——兩道人影同時行動。

「——喝啊！」

刀劍交錯，濺出火花。激烈的交鋒甚至能夠蓋過巷子裡的黑暗。西奧多輕輕走到專心觀看兩人戰鬥的奧利佛身邊。

「開始了呢——Mr.霍恩，你怎麼看？」

少年一聽就皺起眉頭。他的聲音、氣氛和其他的一切都與剛才截然不同。眺望戰鬥時的眼神甚至蘊含了熱情。即使覺得對方又變得更加可疑，奧利佛還是姑且回答問題：

「……雖然看起來像自創流派，但基礎是利森特流。技術十分純熟。應該是以連續攻擊施壓，再瞄準敵人後退時的破綻給予重擊的類型。」

「分析得不錯。還有呢？」

男子像是在測試般繼續問道。奧利佛慎重觀察砍人魔的動作，仔細思考後回答：

「……那個人應該有傷在身，位置分別是在胸口和腳。大概是被之前襲擊的對象打傷的吧……無論如何，可以確定並非處於萬全的狀態。」

奧利佛抱持著確信如此斷言……相較於明顯十分純熟的技術，敵人的動作偶爾會顯得不夠俐落，重心也有所偏移。光是這些跡象，就足以證明敵人有傷在身。聽完少年的分析，西奧多再次佩服地說道：

「能看穿這些就已經無可挑剔了。如果是你會如何應戰？」

「不焦急也不後退，等接完招後再反擊。」

「是拉諾夫流的模範回答呢。你看起來也有自信能夠做到。

——那奈奈緒呢？」

男子突然改變問題的方向，詢問少年眼前這場戰鬥的結果。奧利佛以至今的分析為基礎，再次毫不猶豫地回答：

「……如果對手處於萬全狀態，或許還可能有不同的結果。」

他先做出這樣的開場白。對手絕對不弱——如果沒有傷口的限制，實力或許足以和金伯利的高年級生匹敵。能拖著負傷的身軀和奈奈緒纏鬥這麼久就是證據。但即使如此……

「她會正面擊敗對手——對手的劍術還是比不上奈奈緒。」

奧利佛如此斷言。正因為他比誰都了解奈奈緒的強大，這個結論才無可動搖。

在兩人面前，砍人魔已經開始被奈奈緒的劍壓制，原本持續不斷的攻勢也停止了。接著砍人魔改變策略，他維持一步一杖的距離，在原地擺出架勢。

「看來對方也發現了。」

「……閒聊到此為止。」

察覺戰況進入佳境，奧利佛閉上嘴巴——如果真的要發生什麼事，那就是在這個時候。剛才砍傷西奧多慣用手的那一擊。砍人魔在和奈奈緒的戰鬥中，還沒有用過那一招。如果要出招，那一定是在這個瞬間。既然繼續打下去沒有勝算，對手也只能在這時候孤注一擲。

「——自從魔法劍問世，已經過了約四百年。」

「？」

站在少年旁邊的西奧多突然開口。奧利佛沒有看他，男子像在自言自語般繼續說道：

「在許多流派興亡的過程中，這門技術也變得更加深奧，最後誕生出六個名為魔劍的祕技。不過直到現在，依然有許多人提倡新的魔劍。」

「…………」

「他想知道自己縫住嘴巴，拚命修練劍術直到墜入魔道，並在最後創出的招式是否經得起考驗。有沒有方法能夠抵擋或是閃躲這招。

面對他這個賭上一生的問題——奈奈緒，妳會如何回答？」

男子毫不隱藏臉上的期待和興奮。奧利佛在目睹那個表情的瞬間，總算恍然大悟——這就是他的目的。這個男人至今的一切舉止，全都是為了目睹這一刻——！

「——喝啊！」

奈奈緒維持上段的架勢往前踏出一步，氣勢洶洶地揮下垂直的一刀。不用說也知道，這一擊既快又沉重。砍人魔也展開反擊，但無論怎麼看速度都太慢了。就連旁人都看得出來他一定會先被奈奈緒砍倒。

但這一切都和西奧多剛才的狀況一樣。

「——唔——」

在奧利佛的注視下，奈奈緒揮下的刀以異常的速度移動。沒錯，「甚至比她本人想像的還要快」。這樣下去，原本連敵人前進的距離都計算進去的一擊，應該在適當的時機斬斷對手的刀刃將提前抵達目的地。換句話說，就是「揮空」。

即使已經被縫住，砍人魔的嘴角仍因為勝利的喜悅扭曲。早已蓄勢待發的他，砍向少女揮空後毫無防備的手腕——

「——？」

砍人魔瞬間覺得眼前的光景似乎有點古怪。

少女應該是以上段的架勢，由上往下揮刀……而那速度比她預期的還要快的一擊，照理說應該會在自己的眼前揮空……

然而，前提是事情真的那樣發展。

不知為何，「少女握在胸前的刀至今仍未揮下」。

「——呼！」

刀刃落下，這次不偏不倚地砍中了砍人魔的手腕。

杖劍與握著杖劍的手一起被砍斷，直接掉落地面。慢了一拍才噴出的鮮血，逐漸染紅正下方的石磚。

「————」

砍人魔甚至忘了疼痛，茫然地往上看。少女凜然的表情，以及清澈到接近透明的眼神勝於任何雄辯，讓他不得不接受自己的敗北。

「砍人魔，是你輸了。」

男子毫不留情地宣告。砍人魔無法抵抗接下來傳遍全身的衝擊，在此刻失去意識。

「——奈奈緒，妳真的無論何時都能為我帶來驚訝。」

西奧多拿著杖劍喊道。砍人魔正因為他剛才放出的電擊倒在奈奈緒腳邊。奧利佛不禁狠狠瞪向男子。

「……你不是因為肌腱被砍斷，沒辦法使用杖劍嗎？」

「是我誤會了，沒想到試一下就成功了。」

這名教師若無其事地如此回答。因為對方裝傻裝得實在太明顯，奧利佛已經懶得做出任何指責。西奧多無視少年，看向東方少女。

「先讓我確認一件事——妳看穿他的招式了嗎？」

男子提出質問。奈奈緒收刀入鞘，開口回答：

「詳細的原理完全不曉得，但在下明白招式的『本質』。應該是一種用來擾亂對手攻擊時機的技巧吧。」

奈奈緒堅定的回答，讓西奧多搗住嘴角，露出無法完全隱藏的笑容。

「原來如此，本質啊……太棒了。妳真的是太棒了。」

「Mr.霍恩，你怎麼分析？」

西奧多突然將話題丟給少年。奧利佛依然懷疑地看向對方，但還是姑且將注意力移到砍人魔身上回答：

「……從對手的架勢大致看穿刀刃的軌道後，在領域魔法的範圍內控制刀刃軌道上的重力和慣性，讓敵人的斬擊瞬間加速揮空，再趁機反擊。原理大概就是這樣吧。」

少年針對已經看過兩次的技巧做出結論。在自己的近身範圍內，不需要詠唱就能產生的魔法現象——即為「領域魔法」。砍人魔使用的招式，就是領域魔法的高級應用。

魔法師能夠施展領域魔法的範圍，其實就是魔法的個人領域。就像奈奈緒能夠自由操縱在體內循環的力量一樣，優秀的魔法師也能在領域魔法的範圍內操縱各種力量的流動。

干涉重力和慣性是相當困難的技術，所以很少運用在實戰。這是因為在大部分的情況下，相較於使用的難度，這麼做獲得的效果通常不太划算。

舉例來說，假設有人利用瞬間強化前方空間的重力來讓敵人的動作變慢，而且最後也成功了，那麼他能否比對手還快砍到對方？

答案是否定的。如果將魔力用在干涉重力上，能用在自己身上的魔力就會減少。再加上就這個情形來說，把魔力用在強化身體上的效益會比干涉重力高，所以「即使敵人的動作因為重力增加變慢，最後還是會比較快」。同樣的道理，透過減輕重力替自己加速也一樣。按照魔法劍的常識，這種作法只是在浪費魔力。

但砍人魔透過轉換想法，顛覆了這個常識。奧利佛也坦率地對他下的工夫感到佩服。

「既不是替自己加速，也不是讓敵人變慢，而是『讓對手的攻擊變快揮空』——這個想法突破了過去的盲點。看起來也有很高的泛用性和發展性，可以說是非常優秀的技巧……不過因為需要非常高度的技術，我實在是學不來。」

「喔，你已經把這招理論化啦……原來如此，你們確實是一對好搭檔。」

西奧多雙手抱胸，微笑地頻頻點頭。奧利佛看向少女腰間的佩刀，再次開口：

「對手的敗因，是因為不了解奈奈緒的刀法……畢竟是第一次見到，所以也無可奈何。即使沒有揮下手臂的動作，日之國的雙手刀『光用手腕就能砍人』。」

相較於砍人魔將勝負賭在自己的奧義上，奈奈緒的第一個動作是從上段的架勢將手臂往下揮——但「並沒有揮刀」。她揮動的只有手臂，握在胸前的刀，刀尖依然朝向上方。換句話說，她只是從上段的架勢換成中段的架勢。

砍人魔就是想讓奈奈緒在這時候揮空，但最後失敗了，因為奈奈緒「真正的斬擊」比他預料的還要慢了一拍才揮下。日之國的刀柄很長，握刀時右手與左手之間有段間隔，這個距離就是關鍵。握刀的右手往前推，左手往自己的方向拉，這有點類似槓桿原理，只要一個小小的動作就能讓刀尖大幅移動。結果就是奈奈緒幾乎只靠移動手腕就砍倒了對手。

奈奈緒沒有打斷奧利佛的說明，緊盯著倒在地上的砍人魔。相較於這個漂亮的結果，她的表情缺乏對勝利的喜悅，不如說更像是感到可惜。

「是個經過千錘百鍊的好對手。但正因為如此，有傷在身這點才更令人感到可惜。」

少女說出坦率的感想。西奧多聽了後，露出反省的表情。

「嗯，說得也是……『這安排確實是多餘的』。」

奧利佛沒有漏聽這句低喃，他立刻轉身以充滿攻擊性的視線瞪向男子——但西奧多一臉若無其事地繼續悠哉說道：

「──那麼，既然事情已經變成這樣，我得負責把這位砍人魔交給這座城市的守衛，而且大概還得接受麻煩的訊問。再繼續耽誤你們的時間就太不好意思了。今天就先解散吧。

放心，我不會搶你們的功勞。我會好好向守衛報告你們的活躍。相對地，我從頭到尾都毫無表現的事情，要對我的女兒保密喔。」

西奧多將食指抵在嘴巴前面，厚臉皮地如此要求，奧利佛只能皺起眉頭抗議。

「…………」

「哈哈哈，別那麼生氣。我之後一定會補償你們。」

西奧多輕拍少年的肩膀搪塞他。奧利佛握緊拳頭，轉身背對男子。

「……我知道了，那麼我們就先告辭了──走吧，奈奈緒。」

「喔喔？」

奧利佛抓住少女的手腕，直接掉頭往回走。奈奈緒難得看見少年如此強硬，驚訝地凝視他的側臉問道：

「怎麼了，奧利佛。你看起來很不高興。」

「這還用說……妳不可能沒發現吧？妳和砍人魔的戰鬥是被安排好的。」

話雖如此，奧利佛當然也明白。奈奈緒根本不是沒有發現，而是毫不在意。然而卻有人利用她的這種性格騙她去戰鬥。少年無法原諒的是這點。

「別太相信那個人……他也是棲息在金伯利的魔人之一。」

西奧多．麥法蘭是利用那些小丑般的舉動隱藏自己瘋狂的一面。奧利佛懷抱著這樣的確信，開口警告少女。

在那之後，金伯利的教師和昏倒的砍人魔一起被留在陰暗的小巷子裡，等學生們的身影消失在黑暗中後，男子看向那裡搔著頭說道：

「……果然還是做得太露骨了，看來他現在非常討厭我。唉——先不管這個。」

西奧多突然轉身拔出腰間的杖劍，走向砍人魔。他握著杖劍對掉在地上的手腕施展咒語，將手腕引導到手臂的橫剖面，然後施展治癒咒語接合傷口。

「砍人魔，該起床了——你應該還沒辦法接受吧？」

花了幾分鐘處理好傷勢後，西奧多用調整過威力的電擊咒語電醒對方。突如其來的衝擊讓砍人魔整個人彈了起來。他茫然地動著不知何時被接回去的右手，看向眼前的男子。

「不好意思，明明跟你約好只要配合我的鬧劇，就讓你看『真貨』。沒想到奈奈緒的成長如此顯著。憑你已經完全無法追上她了。」

面對呆站在原地的砍人魔，西奧多苦笑地聳肩——然後在下一個瞬間收起笑容。

「但你放心，我會好好補償你。我是個守約的男人。」

西奧多一說完，就擺出和女兒雪拉一樣的利森特流中段架勢。

「使出你的全力吧，這次千萬別留下遺憾。」

男子說完後，甚至還體貼地放出殺氣。這股殺氣吹散了所有的疑惑，砍人魔第三次將一切都賭在自己的奧義上。

——普通人之間流傳著一個叫「另一個自己（doppelgangers）」的怪談。

這個最早從逸國（達意志）開始流行的故事，內容非常簡單。有一天，一個男子工作回家後，聽妻子說了一句奇怪的話——「你怎麼回來兩次？」這讓男子覺得莫名其妙。

在那之後，男子身邊反覆發生相同的事情。被很久沒見面的人說「昨天有遇到」，被素未謀面的對象責備「你之前羞辱我」，就連到初次造訪的地方都被人說「你之前有來過」。

這類狀況不斷發生，讓男子的精神開始出現異常，總是在想「另一個自己」的事情。男子變得無法好好工作，妻子也因為受不了而離開他。

但在經歷這些事後，他終於在某一天經過市場時，看見一個從服裝、身高到外表都和自己一模一樣的男人，迎面走了過來。

男子心想絕對不能錯過這個機會，直接衝向「另一個自己」。隨著雙方之間的距離愈來愈近，對方的嘴角浮現冷笑。

在兩人的身體正面碰撞的瞬間，爆出一陣刺眼的光芒，讓周圍的人視野變得一片空白。

等光芒消失，人們再次睜開眼睛時——他們眼前只剩下男子四分五裂的悽慘屍體。那裡有兩隻手、兩隻腳、一個身體和一顆頭。換句話說……合起來只有「一人份的屍體」。

儘管魔法師的世界充滿了更加慘烈的事蹟，但大部分的人都認為這個怪談是虛構的故事。故事裡出現的現象並非無法用魔法解釋。如果當成是惡靈或妖精的惡作劇，或是壞魔法師讓普通人看見幻覺，那說明起來又更加容易。不過，其實有個根據足以推翻這些假設。

那就是這個故事很可能是以某個實際發生過的事件為藍本。那是一個被記錄在古老文獻裡，關於某項魔法實驗的前後經過。

過去逸國北部有個魔法師。他每天忙於探究魔道，深受研究人手不足所苦，於是他突然產生一個想法——「為什麼自己只有一個人？有兩個也沒關係吧？」

雖然看起來像是因為睡眠不足產生的瘋狂念頭，但本人非常認真。這是因為魔法師對「自己」的想法和普通人不同。將自己擴張到超越肉體的範圍，是魔法師的本能。只要一想到這個嘗試的本質，就會覺得有幾個自己不過是個小問題。至少他當時是這麼想的。

魔法師像是覺得事不宜遲般，開始不斷進行實驗。至於具體的作法，就是在可以模擬成體內的領域魔法範圍內，將自己一半的存在率往前移動兩英尺。真要形容的話，就像是將重心放在左腳，往前踏出右腳，不過是以「自我存在」這個層次進行。

從結論來說，他失敗了……而且失敗得有點誇張。

換句話說，就是引發了「大爆炸」，而且還將自己的房子和土地全都捲進去。

據說「另一個自己」的怪談，就是這個驚人實驗在普通人之間口耳相傳的過程中，逐漸變化而來的故事。只有在普通人當中特別有名這點，增加了這個說法的可信度，故事的來源這個謎團也就此揭曉。

不過，在魔法師之間還留下了更大的謎團——那就是為什麼他會失敗？

魔法師們當然不會因為有個人被炸死就感到害怕，所以這個實驗之後依然繼續被反覆驗證。移動存在率這件事本身就十分困難，所以很少有人步上和一開始的魔法師一樣的後塵，但隨著這些稀有案例不斷累積，對於這個現象的分析也逐漸有所進展。

時光持續流逝，在距離第一次爆炸約六十年後，魔法師們總算得出結論。那就是實驗必然會失敗。這個世界不容許同一事物有兩個存在。

那麼爆炸的瞬間到底發生了什麼事？答案是「收斂」。如果透過移動存在率做出兩個自己——那麼存在較「稀薄」的一方，就會被存在較「濃厚」的另一方吸引。換句話說就是單純的「匯合」，但那股力量實在過於強大，肉體根本無法承受。所以當事人立刻爆炸，剩下的能量則是化為猛烈的餘波朝周圍釋放。

這是不理性的魔法規則（hysteric theory）的其中一個案例。所謂不理性的魔法規則，是指魔法師侵犯特定的世間法則時產生的「明顯過度的修正力」。彷彿天上的某人激憤地想著「不想再讓這種狀態多持續一秒」一般，毫不留情地匡正了魔法師的違法行為，強硬地主張這是不容侵犯的領域。

然而——只要釐清到這個地步，魔法師就永遠不會學乖。

距離事情的發端又過了一段時間，地點也換成另一個遙遠的地方。

在聯盟西側，大英魔法國的南部。某個繼承古老家族血統的魔法師看著逸國魔法師花費六十年得到的結論，產生了一個想法——原來如此，只要有這個法則存在，就很難讓兩個以上的自己持續存在。

但他換了個角度思考。既然兩個自己會強制匯合，那麼有沒有辦法從別的方向利用修正時產生的龐大力量呢？

既然是因為力量過強才爆炸——那只要「好好駕馭那股力量不就行了嗎」？

首先是面向前方，然後將自己一半以上的存在率移動到領域魔法的極限距離。

這樣那裡就會出現一個和現在的自己一模一樣、不被世界允許的「另一個西奧多」。接著「收斂」也會在同一時間開始。為了讓兩個存在匯合成一個，世界釋放出龐大的修正力。雖然「這邊的西奧多」將承受這股龐大的力量，但換個方向想，這正是求之不得的助力。

根本不需要往前走。既然存在率較濃厚的「另一個西奧多」已經位於前方的空間，世界的規則自然會肯定自己存在於那裡。

「──唔──」

接下來只需要專心駕馭，避免自己被瞬間產生的龐大力量粉碎。

雖然會有超出正常範圍外的能量流向自己，但可以將那些能量納入體內的魔力循環加以運用。他知道這樣的行為非常魯莽，就像是在血管內注入會以音速流動的水銀一樣。只要一個沒控制好，他就會瞬間步上和過去那些實驗者一樣的後塵。

但只要沒有出錯。

那他不用揮劍，就能使出無人能擋的一擊。

這招名為──第二魔劍・「奔向自己之影（庫雷翁普拉）」。

在兩個人影重疊成一個的瞬間，砍人魔腰部以上的部位，全都化為血花消散。

「──這就是真貨。」

西奧多．麥法蘭維持分出勝負後的姿勢，在明白已經沒人聽得見的情況下嚴肅地開口。他的姿勢像是剛用右手的杖劍使出一記突刺，但這和眼前的結果完全連結不起來。

砍人魔在中了他的魔劍後，上半身已經化為看不見的細微粒子在空中消散。那並非被貫穿，而是整個被消滅。讓兩個相同的存在強制匯合的力量，導正世間法則的修正力——完美駕馭這股力量，將其全部化為攻擊的結果就是如此。

西奧多拍熄從西裝發出的焦煙。在他眼前，砍人魔像是總算察覺自己已經死亡般，下半身跪倒在地。

「不好意思……我有點太激動了。」

男子難為情地嘟囔，低頭看向握著杖劍的右手……打從戰鬥開始前，那隻手就一直在微微顫抖。一回想起東方少女戰鬥的身影，他的內心就湧出一股漆黑的喜悅之情，讓他完全無法抑制自己的興奮。

「啊啊——真的是讓人等得心癢難耐。奈奈緒，我親愛的小太陽。

拜託妳不要停止腳步，就這樣持續往前衝吧。然後快點抵達和我相同的境界。」

男子持續說著熱情的獨白，咬緊的嘴唇流下鮮血，裸露的犬齒與凌亂的金色縱捲髮相得益彰，看起來就像隻瘋狂的獅子。

「請一定要讓我實現——我與她（克羅伊）之間的約定……！」

慘叫聲劃破夜空。魔人瘋狂的痛哭，響徹伽拉忒亞的天空——

第四章

Game of the Sky

掃帚競技

通常潛入迷宮時，最好是五到六人一起組隊，但如果做好遇到危險時不會有同伴來救援的覺悟，那單獨行動也有單獨行動的好處。

首先是隱藏行蹤會比較簡單。在隱密行動時，團體和個人需要隱藏的氣息總量可說是天差地遠。很多團體行動時一定會被發現且必須應戰的狀況，一個人的話就能直接迴避，就算真的被發現，一個人也會比較好逃脫。

「…………」

實際上，奧利佛就正在利用迷彩咒語偽裝成牆壁的一部分，讓一群學生直接從他眼前通過。

第一層往來的學生最多，也經常因為這樣產生糾紛。比起魔獸和惡靈類的對象，真正要躲避的其實是魔法師的目光。當然，躲避的困難度完全取決於對象。如果是像剛才那樣的二年級團體，只要簡單偽裝就能迴避，但如果是高年級的高手，就需要更加高明的躲藏方法……不過如果真的遇到那種情形，比起躲藏，還是立刻逃跑比較實際。

「……呼。」

確認那些學生的氣息已經遠離後，奧利佛解除迷彩咒語重新前進。無法期待同伴援助的單獨行動需要遵守三大鐵則。首先是不可以冒險，再來是不能對任何事窮追不捨，最後是貫徹短期行動。只要完全遵守這些規則，以奧利佛現在的實力，能夠單獨潛入到第二層。

按照這樣的狀態走了一段路後，少年來到一道牆壁面前，在那裡說出暗號。接著構成牆壁的磚塊就突然變成一扇門。第一層有許多隱藏的門，這就是其中之一。

「……大哥、大姊，不好意思我遲到了——咦？」

奧利佛一進門，就突然被人抓住肩膀。那人是他非常熟悉的高年級生，擁有一頭淡金色秀髮，目前為六年級的大姊夏儂．舍伍德。她一臉嚴肅地檢查奧利佛的全身。

「諾爾，乖乖不要動。」

「怎、怎麼了，大姊，為什麼突然這樣……」

少年困惑地問道。他的大哥格溫．舍伍德從房間深處回答：

「就讓她好好檢查吧。她很在意你的身體狀況……打從奧菲莉亞的那起事件以來，你的身體就一直不舒服吧。」

奧利佛倒抽了一口氣。他本來就知道瞞不住，但這是格溫第一次明確說出這件事。

夏儂專心用手檢查奧利佛的全身，接著突然驚訝地睜大眼睛。

「……咦……狀況，變好了……」

夏儂筆直看向奧利佛的眼睛。少年感覺像是心臟突然被人射穿一樣，頓時忘了呼吸。

「……有人，幫你排解了？是誰……」

「——唔——」

「喔？」

格溫發出好奇的聲音。他再次對忍不住想逃避問題的奧利佛說道：

「諾爾，別逃了。反正就算你想隱瞞也沒用……夏儂，是什麼感覺？」

「……困惑、自責……還有嚴重的自我厭惡……但也包含了親愛之情……並不討厭對方。」

夏儂不斷暴露奧利佛的內心，讓後者只能咬緊牙關忍耐——沒錯，隱瞞根本沒有意義。因為她就是能知道這些事。

格溫聽完妹妹的說明後，雙手抱胸陷入沉思。

「大概是被親密的對象突襲了吧……既然如此，就是平常一起行動的其中一個同伴。」

有了這些情報，自然就能過濾出可能的對象。看見弟弟已經連話都說不出來，格溫露出溫柔的微笑繼續說道：

「你不需要動搖。雖然我很驚訝有人能讓你如此信任，但倒不如說這是件好事……畢竟你一直堅持拒絕讓我們幫忙處理這方面的問題。」

「……唔……」

格溫一替弟弟緩頰，夏儂就突然轉身往房間裡走。青年見狀，指著她的背影對奧利佛說道：

「你看，夏儂在鬧彆扭了，快點去哄她吧。」

奧利佛當然只能乖乖照做，但他一走到堅持不肯轉過身的女子身邊，就突然不曉得該說什麼，只能用微弱到彷彿隨時都會消失的聲音呼喚對方。

「……大姊……」

「坐下吧。我來，泡茶。」

既然夏儂都這麼說了，奧利佛也只能遵從。他沮喪地走向擺在房間中央的桌子，在格溫對面坐下。青年毫不留情地提出質問：

「我姑且確認一下，你們有避孕吧？」

「……從一開始就沒打算做到那種程度。」

「嗯，所以你只有稍微被偷吃啊。」

這個露骨的表現方式讓奧利佛皺起眉頭，但格溫的措辭在金伯利只能算是一般標準。正因為明白是自己太神經質，所以少年也沒辦法說什麼。奧利佛無奈地保持沉默，此時背後突然傳來東西碰撞的聲響，讓他驚訝地回過頭。

「……？」

「啊，不用擔心。在意的話，就過去打開來看吧。」

奧利佛看向一個位於房間角落，尺寸足以讓人環抱的木箱。他戰戰兢兢地走向那裡，按照格溫的指示輕輕掀起蓋子。

「……呼……呼……」

「…………」

一個少女像貓一樣縮成一團睡在箱子裡。那是奧利佛也認識的隱形少女——泰蕾莎．卡斯騰。

「泰蕾莎，覺得那裡睡起來，最安穩。不可以，吵醒她喔？」

正在泡茶的夏儂開口提醒。即使心裡非常困惑，奧利佛也不想打擾少女的安眠。他輕輕蓋上蓋子，靜悄悄地回到座位。

「不過她也差不多該醒了……來煎點東西吧。」

格溫突然起身走向位於房間角落的爐灶，拔出白杖點火。他在上面放了個平底鍋，等鍋子充分受熱後，再用咒語瞬間冷卻底部，接著從旁邊的架子上拿出一個碗，把碗裡的東西倒進均勻加熱的平底鍋。

奧利佛聞到一股淡淡的香味。

「是鬆餅……？」

「諾爾，你也要吃嗎？」

格溫詢問時也沒停下手邊的動作——下一個瞬間，奧利佛剛才偷看的箱子被人從內側打開。少女用頭頂著蓋子現身，像貓一樣伸了個懶腰。

「——早安，吾主。」

「……早安，Ms.卡斯騰。」

清醒的泰蕾莎打完招呼後，就立刻走向奧利佛，在同一張桌子坐下。經過幾秒鐘的沉默，奧利佛稍微思考了一會兒後問道：

「……為什麼要睡在箱子裡？」

「狹窄又陰暗的地方睡起來比較安穩。」

「……這樣不會腰痠背痛嗎？」

「我的狀況非常良好。」

這個冷淡的回答，顯示出這就是她的日常生活。就在奧利佛猶豫該怎麼接話時，格溫已經端著冒著熱氣的盤子過來。

「煎好嘍。糖漿可以自由加。」

格溫拿出裝了糖漿的小瓶子，連同剛烤好的鬆餅一起放在泰蕾莎面前。少女瞬間眼神一變，端茶過來的夏儂在奧利佛耳邊低聲說道：

「……諾爾，你別嚇到喔……」

「咦……？」

泰蕾莎在困惑的少年旁邊替鬆餅淋上大量糖漿，然後也不管會不會弄髒，就毫不猶豫地直接用雙手抓來吃。

「——什麼——」

這個出乎意料，像肉食動物般的吃法，讓奧利佛看得目瞪口呆。雙手和嘴巴都被糖漿弄得黏答答的泰蕾絲察覺少年的反應，轉向他問道：

「……吾主，怎麼了嗎？」

「……為、為什麼要用手抓？」

「因為這樣最快。」

「但這樣會弄髒手……」

「洗乾淨就好吧？」

少女露出困惑的表情。就在奧利佛一時不曉得該如何回答時，站在她後面的格溫聳肩說道：

「這有點像是諜報教育的附隨影響。我們也叮嚀過她很多次，但完全改不過來。」

「……那在校舍是怎麼用餐？」

「請放心，我都是在沒人看得見的地方用餐。」

泰蕾莎迅速回答，然後繼續大啖鬆餅。奧利佛在心裡分析，這樣聽起來，她也知道不能在別人面前這樣吃東西。之所以在這裡這樣吃，應該是因為將格溫、夏儂和奧利佛當成「自己人」。但少年想起泰蕾莎剛才提到她都是在沒人看得見的地方用餐——並非在有人的地方正常用餐，而是根本不會在別人面前用餐。

「…………」

較她年長的奧利佛實在無法對這句話置之不理。稍微思考了一會兒後，奧利佛看向格溫。

「……大哥，可以請你再煎兩塊新的過來嗎？」

「稍等一下。」

察覺奧利佛意圖的格溫立刻回去準備鬆餅。奧利佛將視線從青年的背影移回少女身上，開口說道：

「——Ms.卡斯騰。請妳暫停一下。」

泰蕾莎瞬間停止動作，將吃到只剩一半的鬆餅放回盤子問道：

「……這是命令嗎？」

「是命令。還有去把手洗乾淨。」

奧利佛判斷不認真講可能會被敷衍，於是用嚴厲的語氣下達指示。少女機械式地起身前往洗手台，默默洗完手後回到座位。幾分鐘後，格溫端來兩個盤子，分別放在奧利佛與泰蕾莎面前。

「我接下來要教妳用餐禮儀，剩下的那塊請按照我指示的方法吃。」

「這有什麼意義？」

「我想讓我的密探學會符合身分的行為舉止。其他問題晚點再問。」

說完這樣的開場白，奧利佛用右手拿刀，左手拿叉。被這個動作觸發的回憶，讓他輕輕露出笑容──他一年前也曾經這樣教過奈奈緒。

「一個人自己補充營養和多人一起用餐是完全不同的事情。前者只要能填飽肚子就夠了，但後者的主要目的是透過用餐與周圍的人交流。為了延長這段時間，最好不要吃得太快，整潔的行動也能讓別人對自己產生好印象。」

奧利佛在說話的同時，將鬆餅切成適合入口的大小……和單純不曉得異國禮節的奈奈緒不同，泰蕾莎應該是知道但不願意遵守。儘管那應該是考慮到自己的任務和生存方式所採取的合理化、最佳化行為，但現在這樣還是太極端了。

「不需要把什麼事情都和任務綁在一起。我只是想告訴妳錯過經由用餐與別人交流的機會，在各方面都太浪費了。何況妳接下來將以學生的身分生活。」

「我自認目前的生活沒有任何問題。」

「要是真的那樣就好了。」

奧利佛一這麼回答，少女的表情就立刻變得黯淡。這個反應讓奧利佛嘆了口氣，因為這讓他確信自己的擔心是正確的……她和同學之間的交流果然不太順利。

「我明白妳沒受過這方面的教育……但既然要以學生的身分在金伯利生活，無法融入周遭反而讓自己變得特別顯眼。所以無論是作為學長還是作為妳的主人，我都應該教妳怎麼自然地過生活。首先就從和我一起用餐開始吧。難得有鬆餅，就趁熱吃吧？」

「……遵命。」

泰蕾莎面無表情地點頭，模仿主人拿起刀叉。奧利佛是因為希望能獲得她的理解才刻意說明命令的根據，但從少女不在乎的表情來看，他實在不曉得這麼做到底有多少效果。

少年將鬆餅切成適合入口的大小，一旁的泰蕾莎也模仿他使用刀叉。奧利佛側眼看著這一切，向少女搭話：

「大哥做的鬆餅很好吃對吧。妳喜歡甜食嗎？」

「因為糖分能迅速轉換成活力。」

「這我也同意，但這樣只要舔砂糖就行了。舉例來說——妳覺得這個顏色如何？」

奧利佛指著被煎成褐色的鬆餅表面問道。泰蕾莎看向相同的地方，稍作思索後回答：

「……像狐狸的顏色。」

「沒錯，像狐狸的毛一樣滑順。如果平底鍋的表面溫度不平均，絕對做不出這種鬆餅。為了讓妳能吃到美味的鬆餅，所以才多花了一道工夫。」

奧利佛看向在一旁觀望的大哥，繼續說道：

「這麵糊也不簡單。如果只是把市售的麵粉和牛奶跟蛋攪拌在一起，絕對做不出這種口感。我知道應該有加蛋白霜，但還是無法重現這個入口即化的感覺。所以應該還藏了其他祕密。

除此之外，這個鬆餅在被切成一口大小的時候最好吃。用這種吃法，感覺應該和直接用手抓起來塞進嘴裡不同吧？」

「……嗯……」

按照指示吃下鬆餅的泰蕾莎小聲回應。或許是多少察覺味道不同，她專心吃起了切過的鬆餅。這個反應讓奧利佛察覺一件事——這個女孩單純只是不曉得什麼叫「品嚐食物」。

「中間配一點紅茶，能夠沖淡嘴巴裡的甜味。這樣繼續吃鬆餅時，就能品嚐到和第一口一樣的新鮮和美味。這個搭配是有意義的，並不是單純用來把食物灌進喉嚨裡。」

「……！」

泰蕾莎按照指示喝了一口紅茶再繼續吃鬆餅，然後驚訝地睜大眼睛。味道單調的鬆餅吃到後來很容易膩，搭配略濃的茶能有效改善這點。這是每個人都曾透過經驗知道的事情，但在諜報教育的過程中，這個少女應該只被允許在最低限度的時間裡用餐。

「…………」

真要說起來，少女其實是為了侍奉奧利佛才會受到這種待遇。泰蕾莎突然看向因為這項事實而感到心情苦澀的少年，眼神裡閃耀著對新發現感到興奮的光輝。這個反應符合她的年齡——不對，應該說像年紀更小的孩子。

「……可以無限地一直吃下去。」

「對吧。為了不輸給糖漿的甜味，大姊有刻意將茶泡得濃一點。如果只是隨便吃，就不會察覺她的體貼……餐桌禮儀也包含了這樣的意義。」

奧利佛壓抑從內心湧出的感情，如此回應……就算想譴責自己偽善，也不用急著在這時候。

泰蕾莎使用還不習慣的刀叉專心吃著鬆餅。奧利佛看著她的吃相，露出微笑。

「剛才這段時間，我得到了三個和妳有關的情報。非常執著於合理性、喜歡甜食，還有吃到美味的料理就會變坦率……真是非常有意義的一餐呢。」

「……唔！」

原本在切鬆餅的泰蕾莎突然停止動作。她直到這時候才意識到平常觀察的對象，現在正反過來觀察自己。

「妳臉上沾到鬆餅的碎屑了。把臉轉過來。」

「……不、不用了。」

「用袖子擦不禮貌喔。還是要我命令妳？」

奧利佛以嚴厲的語氣阻止泰蕾莎用袖子擦嘴，把手帕伸向因為被迫停止動作而僵住的少女，溫柔地替紅著臉閉起眼睛的她擦拭嘴巴和臉頰。

「好了，變乾淨了……話說妳有隨身鏡嗎？」

「……沒有，因為行動時不會有機會用到。」

「那這個給妳吧。」

奧利佛從懷裡掏出自己平常使用的小鏡子。

「只要看鏡子裡的自己，就能知道自己在別人眼裡是什麼樣子。以後要記得留意這件事，並把鏡子帶在身上。」

少年這麼說完後將隨身鏡遞給少女。泰蕾莎反射性地用雙手收下後，凝視自己在鏡中的臉。

「……感激不盡。」

泰蕾莎嚴肅地行了一禮後，將鏡子收進懷裡。然後她重新轉向盤子，瞬間就用比剛才還要猛烈的氣勢吃光鬆餅。少女將視線從空盤子移向奧利佛，但刻意不和他對上眼，低著頭再次開口：

「……用餐時間就到這裡為止可以嗎？」

「嗯，耽誤妳的時間了。有機會再一起用餐吧。」

少年微笑地說道，泰蕾莎輕輕點頭回應，從座位起身。她經過奧利佛身邊時低聲開口：

「……只要您呼喚我，任何時候都可以。」

等少年回頭看過去時，少女已經不見蹤影。奧利佛立刻環視周遭，但還是跟之前一樣完全找不到蹤跡。

「……她消失到哪兒去了？」

「天花板裡。大概是害羞到受不了了吧。」

格溫指著頭頂，然後繼續對看向那裡的奧利佛說道：

「她是天生的密探。雖然擅長觀察別人，但完全不習慣被別人觀察……剛才的互動應該讓她覺得很新鮮吧。」

奧利佛恍然大悟……仔細回想，泰蕾莎每次態度驟變，都是因為聊到和她本人有關的事情。察覺這個法則後，奧利佛覺得自己又更了解這位隱形少女了。

少年喝著夏儂泡的茶等待，之後高年級生的「同志」們接連造訪這個房間，圍著同一張桌子各自入座。等八個座位都坐滿後，格溫開口說道：

「都到齊了——諾爾。」

奧利佛將手伸進懷裡拿出面具戴上。他覺得這個動作能夠強制切換心情，讓自己化身為在迷宮中恣意行動的叛逆者們的君主。

「新的年度來臨，我們也逐漸做好準備，差不多該進行下一個行動了。諾爾，由你來向大家宣告吧。你接下來要我們做什麼？」

格溫以臣子的身分請求指示。這並非討論，而是由奧利佛做出決定。他在確切明白這一點的情況下，說出內心的決定。

「——我們要在這個年度裡，討伐恩里科・佛傑里。」

奧利佛簡潔的宣言，沉重地在同志們的心中響起。經過幾秒鐘的沉默，格溫嚴肅地點頭。

「明白了……所以第二個對象，就是那個狂老吧。」

「……吾、吾主，可以請問一下為什麼嗎？」

圍坐在同一張桌子的同志當中，一個六年級的男學生開口問道。他凝視比自己年幼的君主，斷斷續續地說著：

「我、我當然並不反對。剩、剩下的六個人，每一個都是極度危險的人物。我知道一定會有犧牲，就算犧牲的人是自己也沒有怨言。

可、可是……正因為如此，才不想留下『疑惑』。想、想在理解一切之後面對。您、您能明白嗎？」

奧利佛認真接受將性命託付給自己的同伴率直的疑問，回答他的問題。

「——首先是單純的消去法，也就是目前有沒有勝算。考慮到我們現有的戰力，以及在特定領域的長處，魔道建築者恩里科・佛傑里是最適合的敵人。這部分即使不用詳細說明，大家也能夠理解吧。」

同志們以沉默表示肯定。在場的都是接近集團中樞的人物，所以必然掌握了同志們擅長的魔法，以及善用那些魔法對付恩里科的勝算。

「再來是對手在金伯利的立場。雖然組織的領導者是艾絲梅拉達，但校舍這個『容器』是由恩里科‧佛傑里管理。在所有老師當中，最了解包含迷宮在內的學校整體構造的人，就是那個狂老。反過來講，只要少了恩里科‧佛傑里，校舍的管理就會產生極大的破綻，我們這些潛伏在暗處的人也會比較好行動。」

既然復仇沒這麼快結束，那就必須設法讓未來的狀況變有利。奧利佛補充決定人選的根據時，坐在對面的七年級女學生開口：

「簡單來講，他算是我們想要儘早打倒的對象吧。這我能夠理解。不過——如果從目前的勝算來看，那個老頭子真的有比其他人好應付嗎？坦白講我覺得還有其他更容易打倒的對象。

陛下，你真的明白在金伯利裡和那傢伙戰鬥代表什麼意思嗎？」

女學生嚴厲地對年輕的君主說道。但奧利佛毫不畏懼地立即回應高年級生的指摘。

「我明白你們擔心我可能誤判了敵人的威脅性。如果想消除你們的擔憂，最有效的方法就是提出具體的戰略。

我現在就開始說明要如何和那個狂老戰鬥，以及如何打倒他。」

少年以堅定的語氣說出這樣的開場白，然後開始向臣子們說明要如何克服眾多障礙，打倒恩里科‧佛傑里這個魔人。以及最重要的，自己在當中扮演什麼樣的角色。

不限於奧利佛，學生們在升上二年級後，就會變得比一年級時還要接近「魔」。

「……嗚嗚嗚……」

「沒錯，就是這樣。」

捲髮少女戰戰兢兢地動手，蛇眼魔女從背後幫忙指導。

作業臺上橫躺著一具犬人的解剖用屍體。這是密里根透過她的管道幫忙準備的。在卡蒂的強烈堅持下，這並非在迷宮內被當成娛樂材料的個體，而是在外界被當成害獸殺掉，經由正當手續買來的屍體。

「……對不起。」

卡蒂出聲請求諒解。她用杖劍切斷肋骨，暴露出從肺部到腸子之間的所有內臟。這段期間，卡蒂一直有種罪孽從指尖滲透到全身的感覺。不過即使如此，她還是沒停下手。因為沒有人強迫她，這是她自己決定的事情。

「雖然動作還有點僵硬，但看來妳已經習慣很多了。怎麼樣——累積這麼多經驗後，應該隱約能看出魔法生物的身體構造了吧？」

「……大概看得出來，但還是經常被嚇到……」

少女用袖子擦著汗回答。沒錯——她已經像這樣切開動物的身體很多次了。在密里根的指導下，最初是從玉鼠開始。之後她依序累積了解剖各種生物的經驗，而今天，終於要開始活用那些經驗解剖亞人種了。

「大家一開始都是這樣。無論是內臟或神經，牠們有許多一般生物不會有的構造。反過來講，這些『不可能的構造』正是魔法生物的核心。這部分有其獨自的道理，絕對不是毫無章法。」

「……是……」

「無論妳將來選擇哪一條道路，只要和魔法生物學有關就避不開解剖學。這部分看書和親自動手感覺到的東西，可說是天差地別。妳從現在開始要不斷累積解剖經驗，若想取得魔法生物醫師的執照，就更需要多練習。」

卡蒂點頭——儘管稍微提早了一些，但她在入學時就已經預料到這一點。

普通人經常認為魔法師無論受多重的傷或得多嚴重的病，都只要施個法就能輕鬆治好。雖然這樣講不能算錯，但也不太正確。因為治癒魔法本身就是一塊廣大的領域，並擁有複雜的技術體系。

既然身體構造大不相同，治療人類和治療其他生物的方法當然也不同。不過即使治療的對象都是人類，魔法師和普通人需要的治療通常也不太一樣。卡蒂現在只會對人類進行初步的治療，咒語學課教的基礎技能也只到這裡為止。因此假設馬可受了重傷，她現在幾乎什麼忙也幫不上。

「不過妳真喜歡挑選艱困的道路呢。從事人權運動不需要魔法醫師的技術吧？不如說這樣反而會被否定解剖的派系敵視。唉，雖然就算被他們敵視也不會怎麼樣啦。」

「……這我也明白。」

卡蒂露出苦澀的表情，繼續解剖。她將左手伸向旁邊的工具架，在那裡待命的手腕型使魔——密里手立刻將鉗子遞給她。如果密里根是指導醫生，那這邊就是名副其實的「助手」。

將皮膚和肌肉固定成打開的狀態後，捲髮少女再次開口：

「……但我不希望在實際面對魔獸或亞人種時，自己什麼都沒辦法做。既然如此，最好的方式就是學會如何治療傷口和疾病……」

在金伯利「只靠理念」無法打動任何人。正因為在過去的一年深刻體會到這點，她才急著學習實用的技能。其中最重要的，就是能廣泛對魔法生物和亞人種使用的治癒魔法。

如果想學會這種魔法，就必須先理解治癒對象的身體構造。光靠參考資料與文獻根本不夠，最重要的還是要實際接觸那些生物的身體，從觀察中學習。換句話說，就是她現在做的事情。

「這我也贊同，但有些人權派應該會覺得這是一種文化侵略吧。他們認為亞人種從出生到死亡都應該維持亞人種的生活水準，人類不該輕易干涉牠們的生活。實際上，這種想法也不無道理。例如假設犬人的生存率大幅提升，就會對普通人的生活造成龐大的損害。妳對這方面有什麼看法？」

「……去過伽拉忒亞後，我也思考過了。既然生活空間已經重疊到這個地步，『讓所有亞人種過以前的生活』這種方針實在太不切實際了。姑且不論發展到現在這種情況的背景與是非對錯，我們必須要透過交流尋求共存之路才行。」

「這我也有同感。我之所以會想讓巨魔變得能說話，也是因為想一次性地解決牠們與人類的溝通問題。」

「……雖然我絕對無法贊成妳的作法，但現在能夠理解妳的想法。因為我也希望能夠和這些孩子溝通。」

卡蒂看著犬人已經失去生命光輝的眼睛，低喃著說道……就連在人權派當中，都是以「是否具備語言能力」來區隔亞人種。愈是容易溝通的物種——特別是那些能純熟使用語言的物種，愈是容易被當成保護的對象。反過來講，無法使用語言的物種就特別容易受到輕視和草率對待。眼前的犬人就是如此。

當然，卡蒂是抱持著不同的意見。她不認為「和人類一樣有語言文化」是判斷生物智慧的唯一標準，但在這個徹頭徹尾都以「人類」為中心運作的世界，她的聲音實在是太微弱了。

「我知道正確答案絕對沒有這麼好找，也很清楚自己接下來必須一直在兩個不同的世界之間尋找答案……所以就算無論如何都無法喜歡，我還是會學習解剖。」

少女懷著覺悟默默動手。密里根突然從背後摟住她的脖子。

「受不了……妳真是個可愛的學妹呢。」

「…………呃，妳是不是在看我的頭？」

「我只是在看妳可愛的髮旋。別在意我，繼續解剖吧。」

即使覺得這個要求非常強人所難，卡蒂還是沒有放慢解剖犬人的速度……即使有一天換成自己被人解剖，她也一定不會有所怨言。

「解剖完這隻犬人後，稍微休息一下就潛入迷宮吧。雖然一天排這麼多行程有點辛苦，但不做到這種程度也無法滿足吧？」

「正合我意。」

卡蒂立即回答。她覺得自己現在彷彿有用不完的精力和體力。

「……呼、呼……」

「就快到了，加油，凱。」

這裡是迷宮第二層「喧鬧之森」，同時也是奧利佛、奈奈緒和雪拉三人為了救出皮特，最初冒著生命危險與合成獸戰鬥的階層。兩個學生正在攀登堪稱第二層象徵的巨大樹其中一根樹枝。

「……呼、呼……」

「幹得好。調整呼吸，在這裡休息一下吧。」

漫長的攀登告一段落時，擔任這場探索行動嚮導的「生還者」——七年級生凱文．沃克對學弟如此說道。凱一聽就整個人癱坐在地上。

「……一面與合成獸戰鬥，一面穿越這種地方，之後還繼續戰鬥啊。他們未免太厲害了……」

「的確，這根本不是一年級或二年級學生會做的事情。吃點東西吧。」

沃克在回應的同時，從懷裡掏出水果遞給學弟。凱用杖劍稍微削了一下水果的皮後，就大口咬下紅色的果肉。淡淡的甜味與富含油脂的滋味在嘴裡擴散，讓疲憊的身軀獲得了滋養。

「好吃……不好意思，讓你陪我來這麼多次。」

「嗯？說什麼陪，我只是在指導社團的學弟而已。很少有學生像你這麼有幹勁，我會把能教的東西都教給你。」

沃克啃著自己的水果說道。凱感激地接受他的好意，低著頭輕聲說道：

「真是太感謝你了……我已經不想再被留下了。」

沃克聽見這句包含沉靜決心的話，稍微思索了一下。

「雖然自己這麼說也有點怪，但你真的是找對人了。金伯利大部分的問題都是發生在迷宮裡。如果沒有能力潛入迷宮，那其他都不用談了……反過來講——」

「愈是了解這裡，能採取的行動就愈多。就是這個意思吧。」

「沒錯。所以如果想找人學習，我絕對是最適合的人選。雖然金伯利多的是比我強的學生，但我敢斷言沒人比我更擅長『活下來』。我可不是白白留級的。」

生還者露出無畏的笑容說道。這個堅定的笑容給人一種安心感，彷彿無論遇到什麼狀況，只要跟著這個人就一定能活下來。凱希望自己有一天也能露出這種笑容，所以才拜這個學長為師。

「而且雖然迷宮裡確實有很多危險，但也因此是個有趣的地方。特別是在『食』這方面。所以別想得太嚴肅，跟我一起在這裡吃好吃的東西吧。我向你保證，這樣有一天你就會突然發現，自己已經能夠大搖大擺地在迷宮內走動了。」

「……好的！請你多多關照！」

吃完水果後，凱幹勁十足地起身轉向沃克。生還者在看見學弟的反應後，突然露出有點寂寞的表情。他移動視線，看向底下那片遼闊的森林。

「我也好想告訴她……這裡不是個只有陰暗和冰冷的地方。」

他在低喃的同時，懷念起那個已經不在的少女，心裡充滿了不捨與遺憾。

「——啊，是凱！沃克學長也在！」

「唔。凱，沒事吧。」

在巨大樹底下，坐在會說人話的巨魔馬可肩膀上的卡蒂，用望遠鏡看見凱和沃克在上面對話。她正好來第二層散心，順便帶馬可散步。在一旁看著同樣光景的密里根感嘆地說道：

「居然讓『生還者』親自指導。看來他也是個不輸給妳的行動派呢。」

「那當然！因為我們兩個已經決定……如果之後又發生什麼事，一定要和奧利佛他們一起潛入迷宮！」

或許是說完後覺得口渴，卡蒂拿起水壺喝了一口水。蛇眼魔女露出微笑。

「你們感情真的很好呢……話說我可以問一個問題嗎？」

「？」

「你們最早脫處的是誰？」

卡蒂在馬可肩膀上用力嗆到。

「咳、咳……！妳、妳怎麼突然說這個……！」

「呃，不需要這麼慌張吧？妳明年就升三年級了，按照這裡的常識，也差不多是『初體驗』的時期了。這種時候通常會從親近的人當中找對象。皮特因為體質的關係有點敏感，所以奧利佛和凱應該是不錯的候補人選。」

密里根若無其事地說道。卡蒂紅著臉迴避她的視線回答：

「奧……奧利佛和雪拉有說過這種事不需要太著急！不可以被周遭的氣氛影響，只能跟真正喜歡的對象做！」

「……那兩個人是妳的父母嗎？」

「他們只是珍惜朋友而已！這、這個話題就到此為止！」

少女強硬地結束話題，指示馬可撥開草木前進。跟在後面的密里根，以非常新鮮的心情回想剛才聽到的話。

「只能跟真正喜歡的對象做啊……我那時候可沒有會跟我說這種話的人。

——哎呀，真是令人羨慕。」

密里根聳肩苦笑，想著眼前的少女是多麼被同伴珍惜。

隔天的上午十點多，聚集在一樓教室等著上魔道工學的二年級生們，都因為緊張而表情僵硬。

「……只有這堂課不管上幾次都無法習慣。」

凱一臉苦澀地說道。雪拉聽了後，稍微環視周圍。

「實際上也有學生真的放棄了這堂課……和一開始上課時相比，人數大概少了一成。」

坐在前面的奧利佛覺得這也難怪。畢竟這堂課只要無法完成以解除魔法陷阱為首的課題，就一定會受傷。所以直接不來上課也能算是一種自衛手段。

「……唔……」

「……沒事吧，皮特？」

眼鏡少年打從坐進教室以後，就一直默默用力抓著褲子，一看就知道他正在忍耐著恐懼。皮特從第一堂課開始就是這樣——但即使如此，他從來沒有缺席過這堂課。

「我沒事……不管發生什麼事，都只能盡力而為。」

皮特的聲音充滿覺悟，就在奧利佛點頭回應的瞬間——他們底下的教室地板突然消失了。

「什麼——」「哇！」「唔喔喔？」

超過四十人毫無抵抗之力地掉入黑暗，然後馬上就沿著一個像滑梯的斜坡往下溜。雖然有些人伸手試試看能不能摸到什麼，有些人想把杖劍刺進斜坡停止下滑，但全都失敗了。感覺就像是從一個堅硬的果凍上滑落。

這趟旅程並不長，大概一分鐘後，他們就抵達一個寬廣的空間。奧利佛立刻調整姿勢起身，拿著早已拔出的杖劍確認周圍的狀況。這裡是個比平常的教室大上十倍的正方形大房間，地板上等間隔地放著三個不明物體，一個熟悉的老人就站在由那三個物體組成的正三角形中央，手上拿著棒棒糖——左手一根，右手兩根。

「——嘎哈哈哈哈哈！各位同學，歡迎來到今天的會場！」

那個完全不把這個空間當一回事放聲大笑，看起來遠比平常不祥的身影，讓學生們陷入恐懼。他們透過之前的經驗明白，魔道工學有個能夠用來判斷當天課程危險程度的指標。那就是老人手上的棒棒糖數量。一根的話還好，兩根就要特別注意，如果是三根以上——

「平常的教室對今天的課題來說太窄了，所以我直接把你們送來迷宮。如各位所見，今天所有修魔道工學的二年級生都要一起上課！」

牆壁上總共有三個洞。除了奧利佛等人以外，還有兩組人數和他們差不多的二年級生被從其他洞送進來。看來大家都是在各自的教室遭遇相同的情況，臉上都充滿了困惑和警戒。

「課程內容是魔像的拆解與觀察。當然都是使用實物。大家應該都有看見吧？」

恩里科用視線指示周圍的三個物體。那三個物體全長約五公尺，而且形狀與質感都不盡相同。一個是白色的球體，一個是長著六根蟲腳的菱形，最後一個則是表面會像波浪般起伏的黑色凝膠體。皮特觀察完這三個物體後，緊張地嚥了一下口水。

「……這些東西是……」

「別客氣，過來摸摸看吧。在魔道工學帶來的眾多成果當中，魔像可以說是最具代表性的一

個。這三個魔像是我親自打造的藝術品。對魔法師來說，應該是有一看的價值。」

根據恩里科的說明，這三個物體似乎是魔像。老人繼續開心地對心裡充滿不祥預感的學生們說道：

「普通人常把魔像與使魔，或是把魔像與魔偶和自動人偶混淆在一起。雖然確實有用到一些共通的技術，但這些看法都誤判了本質。Ms.康沃利斯，妳知道為什麼嗎？」

恩里科說到一半突然把問題丟給一個女學生──雪拉的親戚兼血緣上的妹妹史黛西‧康沃利斯毫不畏懼地回答問題。

「……因為概念不同。魔像是從魔道工學衍生出來的專業領域，魔道築學裡的概念。比起使魔或人偶，本質上更接近『會動的建築物』。」

「非常好，這是滿分的解答！給妳一顆小糖果吧！」

老人揮了一下白杖，一顆糖果從他的懷裡飛向史黛西。恩里科無視一臉緊繃地接住糖果的史黛西，繼續說道：

「沒錯，魔像的本質是建築物，既不是使魔也不是人偶。所以有可能外表不是人型，尺寸的範圍也很廣，甚至還有大到像城堡的超大型魔像。光想像就讓人覺得很興奮吧？」

老人舔著棒棒糖，大大展開雙手說道。

「這三具魔像的尺寸都在常識範圍內，但內部包含了各種功能。請各位參照過去學到的知識，觀察、分解並理解它們的構造。這就是今天的課題。」

如果只聽說明，或許會覺得內容很正常，但這堂課的課題不可能這麼簡單。大概預測到後續展開的學生們擺出警戒的架勢，恩里科緩緩將白杖高舉過頭。

「那麼開始嘍——甦醒吧（薩塔斯薩斯姆）。」

三具魔像開始呼應詠唱動了起來。學生們看著這幅景象，內心一同浮現出相同的感想——果然又是這樣。

「各位的身體這次應該也會損壞得比平常嚴重，但不用擔心。只要頭和心臟沒被破壞就不會死。那麼，就讓我見識一下各位升上二年級後的成長吧！」

老人充滿期待的聲音在室內迴響，與此同時，多腳魔像的步伐讓地面開始搖晃。

「唔哇——」「快散開！不然會被踩扁！」

附近的學生急忙後退。他們原本以為從菱形魔像的身體延伸出來的六隻腳像昆蟲，但由多關節產生的流暢動作看起來更像軟體動物。機械觸手在支撐自身重量的同時，也毫不留情地襲向附近的獵物。突起的尖端輕易就擊碎了石頭地板。

保持警戒的學生們，接著立刻聽見另一種性質完全不同的聲音。那是石頭地板與某種硬質素材用力摩擦的聲音。雖然從外表就能大致推測得出來，但球型魔像果然開始透過旋轉逼近學生。

「開、開始旋轉了……？」「要來了！快躲開！」

為了避免被壓扁，學生們連忙朝左右躲開。球型魔像從他們之間穿過後，一直前進到房間底部的牆壁前面才減速和轉向。它改變了前進路線和角度後，再次開始旋轉。學生們試著用咒語迎擊，但全都被表面彈開，完全無法阻止它前進。

「大家快散開！聚在一起只會成為它的目標！」

雪拉衝出來大喊。雖然人在面對巨大敵人時會本能地想採取密集陣形，但這樣可能會妨礙彼此的動作連累同伴。奧利佛等五人跟在雪拉後面脫離團體，保持聽得見彼此聲音的距離擺出備戰架勢。其他同學也在實力較強學生的領導下，做出相同的行動。

「單節咒語根本沒用……！它們非常硬！」

凱咂嘴大吼。即使被各種咒語集中攻擊，那兩具魔像依然毫不動搖，可見它們非常堅固。就在奧利佛思考該用適當的屬性集中一點攻擊，還是先尋找弱點時，一旁的捲髮少女突然喊道：

「危、危險——！」

在她的視線前方，球型魔像改變迴轉的軌道，從逃往那個方向的學生們背後急速接近。卡蒂立刻想衝過去，但幾個來不及逃脫的學生已經成為迴轉下的犧牲品。面對那些下半身被碾碎不斷痙攣的學生，捲髮少女只能驚恐地站在原地。

「啊、啊啊……！好過分……！」

「冷靜點，卡蒂！如果毫無對策就衝過去，我們也會變成那樣！」

卡蒂衝動地想過去救助傷患，但被奧利佛尖銳的聲音阻止……雖然殘酷，但現在沒有餘力去照顧已經倒下的人。少年看著被學生鮮血染紅的球型魔像，正準備說出剛才想到的應對方法時——

「——雜碎們，別吵！」

但在那之前，就先傳來一道似曾相識且充滿魄力的聲音。與此同時，從眾多杖劍發出的光芒，命中了在牆邊準備轉換方向的球型魔像的正下方。多人一同使用的防壁咒語讓附近的地面隆起，將魔像困在隆起處與牆壁之間。

「球狀魔像只要無法充分加速，就跟不會滾的彈珠沒什麼兩樣。趁它移動到牆邊，為了轉換方向而減速的時候，用防壁咒語製造遮蔽物封住它的行動。」

那是用擴音魔法強化過的聲音。在一群舉著杖劍的學生們中央，一個身材特別高大的少年——約瑟夫·歐布萊特堅毅地下達指示。奧利佛瞬間愣了一下，然後露出苦笑。因為對方先講出了他原本想說的應對方法。

「別被那六隻腳嚇到了。它至少要有三隻腳著地才能保持平衡吧？只要專心注意剩下的三隻中，離自己最近的那隻就好。」

此時又從別的方向傳來一道輕浮的聲音。奧利佛看向那裡，發現有個熟悉的少年以跳舞般的動作閃躲多腳魔像的攻擊。圖利奧·羅西輕鬆躲開魔像的長腳，同時對其他學生下達指示。

「「「**烈火燃燒！**」」」

從地面接連放出好幾道火炎咒語，集中攻擊特定的一隻腳，而且還是瞄準那隻腳與身體最近的關節。奧利佛看向咒語的源頭，那裡站了一個熟悉的金髮女學生——史黛西·康沃利斯也和歐布萊特一樣率領幾名學生發動攻擊。

「關節部分明顯比較脆弱。雖然有點距離，但靠近身體的關節動作較少，是個非常好的目標。

咒語統一使用火屬性，將火力全都集中到那裡。」

「自認大膽的傢伙也別跑到魔像底下，那裡一定會有東西跑出來。」

站在少女旁邊的半狼人少年費伊·威爾諾克，則是幫忙提醒學生注意。在羅西吸引魔像注意的期間，他們集中用咒語攻擊弱點。過不久，多腳魔像打開身體側面一個像蓋子的東西，從裡面撒出幾十座小型魔像。那些外形與母體相似的魔像一齊降落地面——

「**疾風呼嘯！**」

但這些魔像全都被由下往上吹起的旋風捲了起來，導致小型魔像們在降落姿勢被破壞的情況下墜落地面。在那群魔像的中心，有個高舉杖劍的長髮學生。

「從掉在自己附近的傢伙開始擊潰！如果讓它們散開就麻煩了！」

理查·安德魯斯以堅定的聲音大喊，受到他激勵的學生們開始攻擊剛墜落的小型魔像。羅西踩著小型魔像的身體刺入杖劍，在收拾掉獵物後咧嘴一笑。

「哈哈，真是輕鬆！幹得好啊，安德魯斯！」

「費伊，收拾掉它們！」「喔！」

羅西和史黛西等人迅速擊潰被風吹落的小型魔像。雖然新的攻擊模式是個威脅，但這也同時印證了他們對應得非常好。奧利佛觀察了他們的狀況一會兒，將視線移回球型魔像，發現它已經從身上長出許多圓錐形的鑽頭，打算破壞妨礙它前進的牆壁。它和多腳魔像一樣也有第二型態。

「沒用的掙扎。雜碎們，配合我一起攻擊——**大地融解**（魯托姆利姆斯）**！**」

歐布萊特在牆壁即將被鑽頭破壞時，朝前方的地板施放咒語。周圍的學生們也一起跟進，那一帶的地板迅速被魔法軟化。魔像在這時候突破牆壁衝了出來，但才前進幾碼就逐漸沉入泥濘當中。球狀魔像再次被泥濘化的地面封住行動。

「你們知道該怎麼應付了吧，後續就交給你們了。」

歐布萊特這樣交代周圍的學生後就轉身離開，奧利佛也跟著看向他視線的方向。

「問題是那個啊。」

少年視線的前方，第三具魔像在地面上緩緩滑動。魔像全身都是漆黑的液狀，看起來就像表面有著金屬光澤的流體生物（史萊姆）。這具魔像散發的異常存在感，明顯與另外兩座不同。

「——唔！卡蒂、凱、皮特！你們先暫時後退！」

看穿魔像真面目的縱捲髮少女要三人後退，自己和剩下的奧利佛與奈奈緒一同前進。除了他們以外，同時還有十個對身手有自信的學生加入前衛的行列。

奧利佛看著已經逼近到前方約二十碼處的新威脅，說出那個魔像的名稱：

「……液體金屬（Liquid）魔像……！」

第三具魔像緩緩逼近。就在它將身體的一部分變得細長，擺出彷彿要「揮下來」的獨特動作的瞬間——直覺感到危險的奧利佛立刻大喊：

「——『快跳』！」

包含奈奈緒和雪拉在內的幾個人立刻跳了起來，某樣物體快速掃過他們的腳底。在他們著地的同時，來不及聽從警告的八人一齊倒地。

「咿……！」「腳、腳！我的腳……！」

學生們接連發出慘叫。奧利佛懊悔地看著這幅「所有人膝蓋以下都被砍斷的慘狀」──比想像中還要快。把這些人腳砍斷的攻擊，其實是液體金屬利用離心力揮出的高速鞭擊，如果無法看穿預備動作會很難躲避。

「別叫了，快點退下！只需要留能看穿攻擊的人在前面！」

站在奧利佛旁邊的歐布萊特大聲喊道。幾個原本想加入前衛的人因為明白自己實力不足而後退，由史黛西、費伊、羅西和安德魯斯頂替他們趕到前線。羅西看向周圍的同伴，露出笑容。

「啊哈哈，果然是你們啊。都是一些熟面孔呢。」

「Mr.羅西，少說廢話。現在可沒空悠閒地開同學會。」

「我想先分享情報。有人有關於那個魔像的知識，或是與其戰鬥的經驗嗎？」

面對這個未知的威脅，安德魯斯一提議分享情報，在場的所有人就互相對視。

「很不巧，我也是第一次見到。只知道有個固體的頭腦作為中樞，統率全體的行動──Mr.霍恩，有想要修正或補充嗎？」

歐布萊特將問題丟給奧利佛時的語氣，已經不像過去那樣包含輕視的態度。少年在對此覺得有些感慨的同時，開口回答問題：

「……我這邊的知識也差不多。硬要說的話，就是接觸那個液體時要小心。據說通常含有腐蝕

性的礦毒」

「是黑色利迪姆！」

此時背後傳來一道聲音打斷奧利佛。在對這個出乎意料的聲音感到驚訝的同時，奧利佛維持盯著液體金屬魔像的姿勢，向後方的眼鏡少年搭話。

「——皮特？」

「用來製作液體金屬魔像的魔法金屬只有三種。銀化米亞爾基、卡架．多爾古合金，以及黑色利迪姆。這當中外表是黑色的只有黑色利迪姆。在一大氣壓下的熔點是負九十度，沸點是三千兩百八十八度！」

皮特快速列舉出記憶中的情報。歐布萊特一聽，就不屑地說道：

「負九十度……既然如此，只要靠近用凍結咒語就行了——我就誇獎你一下吧。很有用的情報，皮特．雷斯頓。」

皮特沒想到會被歐布萊特稱讚，露出困惑的表情。另一方面，奧利佛迅速以新獲得的情報為主軸擬定戰術。

「……讓有辦法閃躲那個攻擊的人靠近，將液體部分全部凍結。之後再用杖劍貫穿被凍結的金屬破壞中樞部分——就決定採用這個方針了。」

其他成員都以沉默表示同意。他們已經知道彼此的實力，所以沒有任何人提出異議。這個快速達成的共識，讓奧利佛突然產生一個想法——從這方面來看，那場最後中止的一年級最強決定戰並不是沒有意義。

「——要上嘍！」

所有人配合少年的號令衝了出去。液體金屬魔像立刻變形，揮出鞭擊。這次和剛才不同，是瞄準腰的高度，奧利佛等人從預備動作看穿軌道，低身閃躲。然而，魔像又繼續變形，用複數的鞭子從多個角度迎擊他們。

「愈靠近攻勢就愈激烈……！但如果只有這點程度！」

「喝啊！」

雪拉運用步法躲過鞭擊，奈奈緒則是用刀彈開，所有人都用各自的方式迴避攻擊。他們維持約五碼的距離持續進行攻防，過不久羅西找到破綻，消除腳步聲逼近魔像。他一面警戒反擊，一面詠唱凍結咒語。

「——喔哇？」

然而，魔像在那之前將身體變成突刺的形狀攻擊羅西。雖然羅西靠天生的直覺逃過被直接擊中的命運，但攻擊還是擦過他的側腹，讓他急忙按住傷口後退。

「哇、哇……！等、等等！它沒有眼睛吧！難道不是靠聲音察覺我們嗎！」

「——？」

奧利佛在看見這一連串的過程後，也跟著感到驚訝——剛才的反擊太奇怪了。羅西接近時完全消除了氣息，如果那個魔像是靠聲音搜索敵人，不可能精確地瞄準他。何況靠聲音探測原本就不像

視覺那麼精準。至今的攻擊也都是廣範圍的橫掃，這應該能反過來證明它無法精確地瞄準。

然而，那具魔像持續推翻了奧利佛的預測，開始用突刺迎擊雪拉、史黛西和歐布萊特。雖然攻擊範圍比橫掃小，但預備動作較小的突刺很難看穿。史黛西驚險地躲開後大喊：

「喂，它的反應突然變了！這到底是怎麼回事！」

「小史，危險！快躲到我後面！」

「是這傢伙的第二階段嗎……！嘖，明明就只差一步了！」

同樣察覺變化的歐布萊特不悅地咂嘴。就像另外兩具魔像一被反擊就改變行動模式那樣，這座液體金屬魔像也開始對應他們的攻勢。

「……嗯？」

此時，奈奈緒像是在嘗試什麼般往旁邊跳。魔像立即使出突刺。東方少女用刀架開敵人精準的攻擊後，低聲嘟囔：

「它會預測在下的動作，簡直就像是在和人戰鬥一樣。」

「──『和人』？」

奧利佛對少女隨口說出的話感到十分介意，開始深入思考──的確，剛才的反應比起魔像更像生物，而且特別像人類。如果能夠預測我方的動作，就表示這具魔像懂武術。難道魔法界的知名狂老製作的魔像，連這種功能都有嗎？

「──唔──」

奧利佛靠跳躍閃躲敵人的橫掃，繼續思索。雖然有這個可能性，但他總覺得無法接受。例如剛才的攻擊。自己明明和奈奈緒一樣與敵人保持五碼的距離，為什麼魔像會使用鞭擊橫掃？為什麼不像對奈奈緒那樣使出精準的突刺？難道有什麼理由讓它只能對其他成員使出突刺，而不能對自己使用嗎？

少年想到這裡就做出了一個假設——關鍵在於自己的位置。雖然目前還不知道魔像的「眼睛」是什麼，但或許只有自己正站在它很難探測到的位置。如果是這樣，那它的眼睛究竟在「哪裡」？是什麼讓魔像探測不到自己？

假設敵人的「眼睛」真的如同字面上的意思，是能感應到光的器官。在這個情況下，最有可能讓它探測不到自己的原因就是被什麼東西擋住了。然而，在自己前方最大的「東西」，就是魔像的身體。如果是這個擋住了自己，那「眼睛」的位置就是在——

「——卡蒂、凱、皮特！『遮住老師的視野』！」

奧利佛根據自己推導出的結論，大聲喊出指示。眾人在剛才的戰鬥中多次移動，如今卡蒂等人正隔著魔像與奧利佛相對。少年喊出的聲音，讓三人面面相覷。

「老、老師？」

「……上吧！」「嗯！」

三人都不明白這個指示的意圖，但還是果斷轉身衝了出去。衝向造成這個狀況的元凶，恩里科・佛傑里的身邊。

「哎呀，你們三個怎麼了嗎？課題還沒結束，難道是有什麼問題想問？」

老人笑瞇瞇地對衝來這裡的學生們問道。看見他的反應，凱和皮特頓時陷入猶豫。再怎麼說，他們還是會對用杖劍指著老師這種事感到顧忌，而且即使真的這麼做，也不可能會是老人的對手。

「……怎麼辦啊？」

「…………」

卡蒂當然也能理解凱的擔憂，但已經沒有時間慢慢思考了。捲髮少女下定決心收起杖劍，直接大步走向恩里科。

「——失禮了！」

「喔喔？」

下一個瞬間，卡蒂用雙手遮住老人的眼睛。皮特驚訝歸驚訝，還是跟凱一起走到恩里科前面，用背擋住他的視線。三人一進行妨礙，液體金屬魔像的攻擊就瞬間失準，接下來使出的橫掃也直接揮空，這證明了奧利佛的假設是正確的。

「……動作恢復了！果然是遠距離操縱！」

沒錯，仔細回想，其實老人一開始就給了提示——製作魔像時，有用到與魔偶和自動人偶共通的技術。換句話說，魔像不一定是按照自己的判斷行動，也有可能是另外有人在操縱。這次就是那樣的狀況。在改變攻擊模式後，這個魔像開始會利用恩里科的視覺情報進行反擊。

陷入困境的魔像將全身的液體金屬變成針往外刺，但既然關鍵的手法已經曝光，以這些成員的實力，不可能會沒料到這招垂死掙扎。八人暫時後退躲避攻擊，然後配合針縮回去的時機一同展開突擊。

「就用這招決勝負——冰雪狂舞！」

「「「「「「「冰雪狂舞！」」」」」」」

八人各自將杖劍刺進液體金屬魔像，在極近距離下釋放的寒氣開始凍結魔像的身體。魔像立刻試圖抵抗，但凍結的部分已經無法變形。魔像的鞭子才做到一半，就完全停止了動作。

「別鬆懈！其他人也過來幫忙！如果不繼續全力凍結，它馬上又會動起來！」

雪拉朝位於後方的學生們大喊，其他學生聽見後，連忙趕過來幫忙。從接連刺入的杖劍補充的寒氣，終於大幅超過魔像的抵抗能力。奧利佛確認凍結的狀況穩定後，拔出自己的杖劍。

「冷卻的工作就麻煩你們了！奈奈緒，要挖嘍！」

「明白！」

奈奈緒也呼應少年的請求拔出刀子。兩人就這樣互相配合，一起開挖。凍結的液體金屬硬如鐵塊，但對帶有魔力的杖劍來說，就只是有點硬的土。魔像側面的洞愈變愈大，挖到一定的深度後，奧利佛暫時停止動作。

「……很好！這裡離中心部很近，接下來保險起見還是慎重一點……！」

「魔——魔法陷阱！魔像裡面有魔法陷阱！」

就在奧利佛等人準備重新開挖時，在後方解體球狀魔像的其中一個學生大喊出聲。少年猛然回

頭，但此時又從別的方向傳來聲音。

「這裡也有！可惡，只要解除時稍微失誤就會發動……！」

在腳被破壞到失去站立能力的多腳魔像軀體上，負責探索內部的學生們瞬間臉色大變。雪拉察覺他們的狀況，立刻將視線移回眼前的魔像。

「……奧利佛！」

被叫到名字的少年點頭，緊張地重新開始挖掘。最後，答案在約兩分鐘後揭曉。負責控制魔像的中樞部分旁邊，有個帶有不祥魔力的「盒子」。上面甚至還細心地設置了顯示剩餘時間的時鐘。

「……這裡也有。」

奧利佛咬牙說道。同一時間，在離他們有段距離的地方，恩里科從凱和皮特的身體中間探出頭，高聲大笑。

「嘎哈哈哈！看來各位已經成功壓制那三具魔像了！幹得漂亮！不過課題還沒結束！接下來是快樂的最終階段！

各位還記得我剛才說過魔像的本質是建築物嗎？無論是住家、倉庫或是城堡，都是蓋來容納人或物品！魔像也一樣！所以內部經常保留能夠放置物品的空間！」

老人一口氣快速做完的說明，讓奧利佛在生氣的同時也感到有些贊同——與課題本身誇張的危險性相反，恩里科．佛傑里的課程總是十分重視「對本質的理解」。考慮到這個原則和過去的經驗，最後剩下的考驗必然會是「這個」。

「這次的內容物，是大家都很熟悉的魔法陷阱！而且是值得安心信賴的時限觸發型！只要超過指定時間，或是拆解的步驟有錯就會發動！這樣半徑十公尺的範圍內就會發生很糟糕的事情！嘎哈哈哈，接下來才是緊要關頭！」

恩里科像是在等著看好戲般，興奮地舔著雙手的棒棒糖。歐布萊特斜眼瞄了一下那瘋狂的姿態，從魔像身上拔出杖劍轉身離開。

「……我不放心交給那些雜碎，我去解除球狀魔像的陷阱。」

「我去多腳魔像那邊吧……雪拉，這裡就交給妳了。」

說完後，史黛西和費伊走向另一具魔像。安德魯斯也走向球狀魔像。剩下的羅西看著他們離開，聳肩說道：

「我不擅長拆解，所以幫不上忙哩。就繼續乖乖幫忙凍結吧。」

「雖然遺憾，但在下也不懂機關。」

奈奈緒在明白自己能力的情況下說道，奧利佛和雪拉互望彼此。

「……明白了。雪拉，由我們來拆解吧。」

「嗯，也只能這樣了。」

「——等等！」

就在兩人下定決心準備拆解陷阱時，背後突然傳來聲音。他們一回過頭，就看見眼鏡少年全速從老人那裡衝過來。

「……讓我也一起拆解吧，我自認比誰都要認真上這門課，一定能夠派上用場。」

「皮特？可是——」

奧利佛忍不住想開口反對，但最後還是及時把話吞了回去。他想起皮特以前對自己說過的話——想當監護人也要有個限度，我們來這裡可不是為了扯你的後腿。

沒錯，眼前的他已經不是那個因為什麼都不懂而害怕的新生，而是在金伯利這個魔境累積了整整一年修練的魔法師。奧利佛重新認識到這個事實，點頭回答：

「……我知道了，請你一起來幫忙吧。」

「嗯！」

在獲得同意的瞬間，皮特氣勢十足地衝進奧利佛與雪拉之間。周圍的學生都冒著冷汗看向這裡，他們就這樣開始拆解陷阱。

一進入解除陷阱的階段，周圍就充滿了一股與戰鬥時截然不同的凝重沉默。只要弄錯一個步驟就會釀成大禍，到時候不只是負責解除的人，就連壓制魔像的學生們也會被捲入。在極大的壓力當中，時間一分一秒地過去。

「——解除成功！」

「這邊也總算結束了！真是有夠驚險……！」

過不久，從兩個地方傳來聲音。歐布萊特和史黛西等人成功解除了兩具魔像的陷阱。周圍的學生爆出歡呼，接下來所有人的視線，都集中到剩下的最後一個現場。

「……剩下兩分鐘。沒辦法，分析就到這裡為止吧。」

奧利佛放下白杖，看著內部構造幾乎已經全露出來的魔法陷阱低聲說道。和他一起挑戰拆解的雪拉和皮特也跟著抬起頭。

「已經沒有時間整合三人的意見了，我想先決定好要遵從誰的判斷。」

「喂，真的假的！」

和其他學生輪流凍結液體金屬魔像的羅西發出慘叫。這段期間，陷阱上的時鐘顯示的剩餘時間也不斷減少。稍微思考了幾秒後，奧利佛靜靜開口：

「我個人……推薦皮特。」

「——咦？」

被點名的少年驚訝地睜大眼睛。但奧利佛立刻說明根據。

「在剛才的解體作業中，皮特在解析陷阱構造時提出的意見最為犀利。他對魔法工學這門課的熱情和知識量已經超越了我們。我認為這足以讓我把這個局面的決斷權託付給他。」

考慮到至今的解體過程，奧利佛極力冷靜地以不帶偏袒的語氣說道。雪拉聞言也跟著點頭。

「……的確。雖然不甘心，但我也有同感。」

「——唔——！」

兩人的意見，讓皮特驚訝地站在原地。奧利佛重新轉向眼鏡少年。

「我們的意見已經決定好了……剩下一分鐘。皮特，如果你願意，就上吧。」

奧利佛瞄了一眼剩餘時間，如此宣告。眼鏡少年的肩膀顫抖了一下，已經沒有時間退縮了，正因為明白這點，皮特在毫無心理準備的情況下，將右手的白杖對準陷阱。

「……呼、呼……」

他知道該怎麼做。如果是自己會怎麼解除這個陷阱，這件事在他心中早有結論。但他無法付諸實行。手臂和嘴唇都像凍結般僵硬，耳裡只剩下凌亂的呼吸聲和激烈的心跳聲。

「……呼、呼、呼……！」

即使知道沒有意義，皮特還是忍不住思考。如果——這個方法是錯的，那倒楣的不只是自己，就連周圍的學生也會被波及。特別是站在自己左右兩側的奧利佛和雪拉。這兩個相信自己，將決斷託付給自己的人將受到最嚴重的傷害。

這是他最害怕的事情，遠比自己受到傷害還要害怕。

「……放……」

「？」

「……奧利佛，請把手放在我身上……放哪裡都可以……」

就在皮特極度渴望能有個精神支柱時，他幾乎是下意識地說出這個要求。奧利佛只隔一會兒就走過來，從背後緊緊抱住少年。那是一個能夠溫暖因恐懼而冰冷的身體，既有力又溫柔的擁抱。

「……我一直在近距離看著你努力。」

「…………」

「所以我知道——你一定沒問題。皮特，照你想的去做吧。」

這段簡短的話包含了一切。與擁抱的觸感一起傳來的那股令人難以置信的溫暖推了皮特一把——他的手開始動了起來。陷阱的外殼已經被拆除，露出底下的內部構造。皮特針對幾個地方塞入小顆的器化植物種子，拿出小瓶的營養劑滴了幾滴。

「——**茂密繁盛**。」

接著他揮動右手的白杖施展促進成長咒語。發芽的種子伸出細微的根，開始填滿迴路內部。在陷阱內部流動的精靈們被植物吸收，零件之間逐漸失去魔法上的連繫。

伴隨著「喀嚓」的一聲，時鐘上用來顯示剩餘時間的指針在此時停止。剩下兩秒。所有人都默不出聲，寬廣的空間裡充滿壓倒性的寂靜——過不久，那裡開始響起溫和的鼓掌聲。

「所有陷阱成功解除，恭喜各位完成了今天的課題。」

剛才的狂笑像不曾存在般瞬間消失，恩里科·佛傑里在說出慰勞話語的同時揮動白杖，五根棒棒糖從他的懷裡飛了出來，然後落在五個學生的手邊。

「Mr.歐布萊特、Mr.羅西、Ms.康沃利斯、Mr.威爾諾克、Mr.安德魯斯，首先賜予你們祝福（糖果）。除了解除陷阱的功勞以外，你們一開始就看穿兩具魔像的性能並擬定對策，大幅減少了受傷人數，這是對你們判斷力的評價。」

恩里科大力稱讚完五人後，看向站在液體金屬魔像旁邊的三人。他再次揮動白杖，三根棒棒糖從老人的懷裡飛到三人手邊。

「接下來，換給予Mr.霍恩、Ms.響谷和Ms.麥法蘭祝福。你們率先挺身而出，對付液體金屬魔像的勇氣值得讚許。特別是Mr.霍恩還立下了看穿遠距離操縱的功勞，是因為有豐富的實戰經驗嗎？」

恩里科隔著眼鏡露出充滿好奇心的視線，奧利佛努力繃緊神經避免表現出動搖。過不久，老人換看向仍被朋友抱著的皮特。他第三次揮舞白杖，這次有十幾根糖果浮在空中，其中棒子的部分還被緞帶綁在一起。一束足以讓人抱在懷裡的糖果，劃出拋物線飛到皮特手中。

「然後是最大的功臣，Mr.雷斯頓——針對你的奮鬥，賜予一束祝福。」

「……啊……」

眼鏡少年反射性地用雙手接住那束糖果，茫然地站在原地。恩里科走向皮特，繼續給予評價。

「首先是掌握了構成液體金屬魔像的魔法金屬種類與詳細資訊。這點實在令人驚訝。如果不是有系統地閱讀過相當數量的專門書籍，絕對無法掌握這些知識。這一年多來，你應該在圖書館裡待了不少時間吧。

再來是看穿魔法陷阱構造的觀察力與分析力。坦白講，液體金屬魔像的陷阱是三具魔像中最困難的一個。能夠解除那個陷阱，就證明你累積了深厚的鑽研。」

說到這裡時，恩里科已經站在學生面前。奧利佛警戒著抱緊皮特，但老人毫不在意地將臉湊向眼鏡少年。在兩人的鼻子彷彿隨時都會碰到的距離下，他以閃閃發亮的眼神觀察對方。

「非常好，你看起來——『很有前途』。」

「——唔——」

一股寒氣從背後竄起，讓皮特害怕得全身顫抖，但他的內心也同時湧出一股喜悅。這個可怕的魔人肯定了自己。說經常被人瞧不起是普通人出身的自己有前途。

「怎麼樣，最近要不要找個時間來我的研究室玩？」

皮特像是受到某種無法抵抗的力量驅使點了一下頭。即使知道自己沒有權利阻止，奧利佛還是加重了抱住那個纖細身軀的力量，焦急地在心裡想著。

必須盡快打倒這個狂老，趕在朋友崩壞之前——

「……那三個人都一口氣成長了不少呢。」

縱捲髮少女啜飲著手上的紅茶。現在是課堂上的艱困考驗才剛結束不久的午休時間，只有奧利佛、奈奈緒和雪拉來到餐廳，卡蒂、凱和皮特三人各自去了不同的地方學習和鍛鍊。最近經常出現這樣的狀況。

「……是啊，除了學習的意欲以外，他們也變得能夠直接面對危險行動了。雖然這不完全是件令人高興的事情……但這表示他們逐漸獲得了魔法師的精神素質。」

奧利佛在分析的同時，切了一口肉派送進嘴裡。雪拉也同意地點頭。

「在金伯利待了一年的影響果然很大呢……只要比較一年級新生和同學的臉，就會發現兩者的面容明顯不同——你看，那就是去年的我們。」

奧利佛看向雪拉用視線指示的方向。在因為是午餐時間而顯得擁擠的餐廳裡，有一群之前見過的新生戰戰兢兢地走在一起。其中走在最前面的高個子女學生——莉塔．阿普爾頓正大聲呼喊：

「——泰蕾莎、泰蕾莎！妳跑去哪裡了？」

「別管她啦！那傢伙實在太沒有協調性了！」

「可、可是，她今天第一次和我們一起吃飯了。這也算有進步吧？」

丁恩和彼得也跟著開口。奧利佛從他們提到的名字大概掌握了狀況……雖然自己確實有吩咐她和其他學生一起用餐，但也用不著吃完飯就立刻消失吧。他在內心嘆了口氣，說出雪拉心裡應該也有的感想。

「……確實看起來就像是剛出生的小鹿呢。」

因為這句話露出苦笑的雪拉，看向同桌的東方少女。

「不過妳的狀況——反倒是周圍的環境產生了很大的變化呢，奈奈緒。」

「嗯？」

奈奈緒啃著雞腿抬起頭。即使從這個模樣就能看出少女不需要人擔心，雪拉還是刻意問道：

「明天終於就是青年組的第一戰。妳將要和身經百戰的高年級生們在同一片天空戰鬥。妳已經做好心理準備了嗎？」

「嗯，沒問題。在下現在也充滿期待呢。」

比起不安和緊張，少女的表情更像是期待得不得了。不過就在此時，奈奈緒突然放下手邊的雞肉，端正姿勢看向奧利佛。

「不過，這次的戰鬥恐怕——不對，是一定會變得比之前激烈。墜落時的情況，也會變得比之前嚴峻吧。到時候——奧利佛，可以拜託你嗎？」

奧利佛也跟著停止用餐，正面看著少女回答：

「……我可是妳的防護員，怎麼可能會說不行呢。

但妳飛行時別太亂來，比起比賽的勝負，身體健全地回到地面才是妳的責任。只有這點必須請妳答應我。」

奧利佛說出之前也曾耳提面命過好幾次的話。奈奈緒嚴肅地點頭，雪拉看著兩人的對話，露出滿意的微笑。

「掃帚選手的表現是建立在優秀的防護員上，我非常期待你們的活躍喔。」

就這樣到了隔天上午十點。競技場的觀眾席上看起來座無虛席，許多熟練的掃帚選手在空中飛舞。擔任播報員的學生發出尖銳的聲音：

「讓各位久等啦啊啊啊！這個日子終於來臨了！青年組第十六戰，野雁對藍燕！同時也是以快如閃電的速度嶄露頭角的超級新人，奈奈緒・響谷選手的青年組出道戰！」

播報員一說出今天的重頭戲，觀眾們就熱情地發出歡呼。可見這一戰是多麼受到矚目。明明比賽還沒開始，場內的氣氛就已經熱鬧到頂點。

「除了大家都已經很熟悉的我以外，今天還特別請到了負責指導帚術的達斯汀・海吉斯老師擔任解說！海吉斯老師，你覺得今天比賽的亮點是什麼？」

「Ms.響谷的飛行表現和青年組的洗禮吧。唉，我想大家應該會嚇一跳。」

「換句話說，就是沒辦法像在青少年組時那樣吧！」

「那當然。藍燕的選手可沒天真到會讓菜鳥在空中自由飛翔。」

海吉斯將背靠在椅子上說道。他凝視著空中的某個角落，包含奈奈緒在內的野雁成員們，正在那裡進行賽前的最後商討。

「……今天是海吉斯老師擔任解說啊，這樣可不能飛得太難看。」

擔任野雁隊長的男學生瞄了一眼觀眾席如此說道。隊員們的配置都已經安排完畢，接下來只需要等比賽開始。奈奈緒舉手問道：

「在下想再確認一次，真的只要像平常那樣飛就好嗎？」

「嗯。妳先自由地飛一次，體驗一下青年組有什麼不同吧。之後會再教妳戰術。」

隊長笑著宣告，看向競技場前方。接下來要對戰的隊伍已經在那裡的天空不斷穿梭。

「只不過——對方應該不會讓妳飛得那麼自由吧。」

「喔喔，那就是備受期待的新人吧。」

「艾希伯里，要怎麼疼愛她？」

老練選手們愉快的聲音在空中響起。面對隊友的提問，藍燕最強的王牌選手——黛安娜・艾希伯里平淡地回答。

「一開始的階段就交給你們了。只要小心別被擊落就好。」

「沒問題……那之後呢？」

面對這個後續的質問，艾希伯里將手伸向插在腰間的擊棍。

「我會華麗地把她擊墜，讓她接下來一個月光是看見掃帚就會發抖。」

「……哇喔。」

迫不及待地等待比賽開始的觀眾們，終於聽見了宣告開賽的尖銳喇叭聲。

「——開始了！」

「加油！奈奈緒！」

卡蒂、凱、皮特和雪拉四人當然也來到了觀眾席。四人發出不輸敵隊球迷的激勵聲，在他們眼前的空中，有三個人影開始追逐奈奈緒。

「唔喔，奈奈緒一下就被三個人盯上了！那些人也太不成熟了！」

「……不，那與其說是盯人……」

「——幸會，Ms.響谷。」

「歡迎來到青年組。」

「我們這些前輩替妳準備了禮物，妳就好好收下吧。」

「——唔。」

敵隊選手接連從背後向奈奈緒搭話。即使突然被三個人盯上，也不至於讓奈奈緒感到害怕。她用力將掃帚前端往上提急速上升——然後縱向畫了個圓圈，反過來繞到追逐自己的敵人後方。

「喔～真是漂亮的空翻。」

「不選擇逃跑而是繞到我們後面，有骨氣。我喜歡。」

「嗯，這樣才有刻意空出上方的價值——」

藍燕的三人露出奸笑，然後一齊加速並急速上升。獲得高度的代價就是失去速度，他們像在空中飛舞的羽毛般飄落。

「——唔？」

因為不能為了勉強追上去而失去控制，奈奈緒維持原本的速度從三人下方通過。然而下一個瞬間，藍燕的三人迅速利用慣性恢復姿勢，在前後位置逆轉的狀態下展開追擊。敵隊選手從後方對再次受到追擊的奈奈緒喊道：

「嚇了一跳吧？這招叫做落羽。」

「光靠速度可是無法在青年組存活喔，偶爾也得活用失速才行。」

利用急速上升刻意引發失速，再藉此逆轉雙方的位置。這個在青少年組從未見過的妙招，讓奈奈緒坦率地覺得感動。主動在飛行中削弱自己的速度和穩定性，是稍有差池就可能會露出致命破綻的行為，但這些選手擁有將其當成技術使用的實力。

來自高手們的壓力，讓奈奈緒毫不猶豫地提升飛翔的速度。既然在技術方面是對手略勝一籌，那繼續爭奪後方的位置也沒有意義。她決定在被搶走主導權前，先拉開距離再從正面迎擊。當然，敵隊選手也馬上察覺她的意圖。

「毫不猶豫就決定拉開距離啦，非常好的判斷。」

「感覺追不上那個加速呢，不愧是傳說中的名掃帚。」

「即使如此，她還是『只有速度而已』。」

三人互相點頭示意，一齊左轉。他們出乎奈奈緒的意料，在她於競技場的邊緣轉彎後依然緊追不捨。

「——又被追上了！藍燕的三人緊緊盯著響谷選手不放！」

「因為動向被看穿了。無論在好的方面還是壞的方面，Ｍｓ.響谷的空中機動都太單純了。」

海吉斯看著這場空中追尾戰說道。奈奈緒．響谷是個才華洋溢的新人，但海吉斯早就預料到她會先遇到這個障礙。

「如果是沒有限制範圍的天空也就算了，但想在有限的領域當中持續飛行就一定得轉彎，這時候就有可能被人看穿轉彎的時機和軌道。愈是熟練的選手愈是擅長應對這種狀況，但Ｍｓ.響谷的實力一直以來遙遙領先對手，完全不需要牽制。過於突出的才能，在這時候反而造成了反效果。」

「換句話說就是因為太強，所以才缺乏牽制對手的經驗……！真是太諷刺了！響谷選手一直甩不掉高手們的緊迫盯人！」

負責播報的學生緊張地解說戰況。一旁的海吉斯不屑地說道：

「那才不是盯人，只是在打招呼而已。他們在親切地告訴新人——妳接下來要待的就是這樣的地方。」

另一方面，凱他們也緊張地觀看東方少女飛行。在過去的比賽當中，他們從來沒看過她像現在這樣持續被人追逐還無法反擊。

「完全甩不掉……！明明奈奈緒的速度比較快！」

「這就是經驗的差距！無論奈奈緒如何行動，都會被對手看穿！」

「這樣她一個人怎麼應付三個人……！為什麼她的隊友都不去幫忙？」

卡蒂抱著這樣的想法看向野雁的選手們。可惜事與願違，他們看起來完全沒有要去幫忙學妹的跡象。

「……她被盯得很緊耶。隊長，不去幫忙沒關係嗎？」

其實在比賽的過程中，早就有隊友提出相同的意見。他們平常也不會默默看著學弟妹被人這樣追逐。不過——僅限於這次，隊長搖頭否定了這個提案。

「還在預期的範圍內。雖然去幫她也行，但如果只有奈奈緒驚訝會很無聊吧。」

隊長露出惡作劇般的笑容。他瞄了東方少女一眼，抱持著確信說道：

「不用擔心，對手馬上就會發現……自己追逐的是多麼危險的獵物。」

既然是追尾戰，那被追的一方當然不可能只需要逃跑。三人每次拉近距離都會使用擊棍攻擊，奈奈緒也被迫在不利的狀態下應戰。

「如果被人從斜後方攻擊，會很難應付吧？特別是非慣用手那一側。」

「我稍微指點妳一下吧。因為妳是右撇子，所以轉彎時盡量順時針迴轉比較好。這樣即使被人超前，也能用慣用手應付。」

藍燕的選手們斷斷續續地透過攻擊施壓，偶爾甚至還會給一些建議。當然，這也是心理戰的一環。然而即使如此，他們至今仍未取得任何成果。

「……明明已經攻擊了好幾次，但她的防守一點都沒鬆懈呢。」

「畢竟她的速度比較快，所以很難給予有效的打擊。下次我從正面進攻吧。」

「已經要結束了嗎？如果這麼簡單就把她擊墜，艾希伯里會生氣吧？」

「誰管她會不會生氣啊。何況要是一直讓三個人對付一個新人，反而會影響隊伍的勝利吧。」

其中一個按捺不住的敵隊選手停止追擊，稍微拉開距離。等奈奈緒繞了競技場一圈後，雙方即將進入正面衝突。

「——唔。」

「抱歉啦，新人。」

「雖然玩得很開心，但今天的課程差不多該結束了。」

繼續在後面追擊的兩人如此喊道，看起來明顯是要前後包夾她。作為對新人洗禮的收尾，他們終於決定要擊墜她。等奈奈緒和正面的對手交鋒後，後方的兩人就會趁她姿勢尚未恢復和速度變慢的時候展開追擊。這是多人圍攻一人時最堅實的布陣。

「——呼——」

「——咦？」

在擊棍交叉的瞬間，失去平衡的是藍燕的選手。原本打算趁機追擊的兩人驚訝地看著隊友搖搖晃晃地降低高度。

「喂？」「你、你到底在幹什麼啊！」

「抱、抱歉……！……咦？剛才到底發生什麼事了？」

藍燕的選手混亂地繼續飛行。在高度和速度恢復前，她都無法一起攻擊奈奈緒。剩下的兩人互望了一眼。

「喂，這發展不太妙！下次轉彎一定要確實收拾掉她！」

「咦，要兩個人一起攻擊新人嗎？再怎麼說都太過火了……」

「聽我的話，動手就對了！如果就這樣被她逃掉，艾希伯里會殺了我們！」

和剛才不同，他們現在心裡非常焦急。無論再怎麼誇張，對手終究是個第一次參加青年組比賽的二年級生，他們絕對不能在這時候失敗。

奈奈緒在抵達競技場邊緣時開始進行不曉得第幾次的轉彎，兩名選手看穿她的軌道，同時從不同高度發動攻擊。兩人默契十足地配合，即使一人遭到攻擊，另一人也能趁機解決掉對手。

「——掉下去吧，新人！」

這是確定將分出勝負的聲音。上面的選手瞄準頭部，下面的選手瞄準身體，並各自舉起擊棍。然而，在他們揮出擊棍前，奈奈緒的掃帚突然加速。

「——啊？」

「——咦？」

對手出乎意料的加速，讓兩人原本一致的攻擊時機出現偏差。預定從上方攻擊的選手錯失了攻擊的時機，另一方面，企圖從下方攻擊的選手則是快了一拍與對手衝突。少女的身影立刻出現在他眼前。

「——呃啊——！」

慢了一拍的反應成了致命傷。選手的身體被奈奈緒的擊棍擊中，就這樣與掃帚分開頭下腳上地墜落。

「唔喔喔喔喔！終於擊墜了啊啊啊！響谷選手正面突破了三名選手的緊迫盯人啊啊啊！」

「因為急著分出勝負，所以攻擊的時機沒配合好……真是的，至少要能看穿Ms.響谷的速度還留有餘力吧。就是太小看新人才會這樣。」

「海吉斯老師，請你解說一下！響谷選手剛才到底做了什麼？」

「看就知道了吧。她操控擊棍的技術比剛才被擊墜的笨蛋好……就只是這樣而已。」

海吉斯淡淡地說完後，嘴角隱約浮現出笑容。就連他本人也沒有意識到，那個表情像是在印證「這就是無法用常識衡量的才能」。

「——響谷流馬上劍法。沒想到會在空中使出這招。」

奈奈緒確認著剛才揮舞擊棍的手感，輕聲嘟囔。她環視周圍，尋找下一個對手。此時，野雁的隊長總算帶著其他隊友過來與她會合。

「幹得好，奈奈緒……看來妳有好好回應他們的招呼。」

「嗯。不愧是高年級生，都是不容輕忽的高手呢。」

奈奈緒開心地回答。隊長一聽就笑著說：

「對方應該比妳還驚訝，畢竟反過來被自己打算擊墜的新人給擊墜了。」

他們看向藍燕的選手們，那裡的氣氛明顯改變了，從逐漸改變的布陣傳來警戒和緊張的氣息，以同伴的墜落為契機，他們徹底改變了對奈奈緒的看法。隊長在對這個結果感到暢快的同時，再次看向奈奈緒的臉說道：

「妳就繼續盡情地大鬧吧，但對方接下來可是會來真的。」

「求之不得。」

奈奈緒在點頭的同時提升速度，像是在說下次將輪到自己主動進攻。

「好厲害，好厲害喔！就算面對高年級生！奈奈緒也沒有輸呢！」

奈奈緒逆轉困境的身影，讓卡蒂興奮地用力揮動雙手。即使心裡也同樣興奮，一旁的雪拉還是努力保持冷靜進行分析。

「那好像是一種維持跨坐姿勢揮動武器的技術。大概是騎馬吧……想必那也是她在故鄉學會的技術之一，並將那份經驗活用在使用擊棍上面。」

「看來她的實力足以應付青年組呢！接下來應該還會再擊墜幾個人吧？」

凱說出天真的期待，但雪拉嚴肅地搖頭。

「不，應該沒那麼容易……剛才只是因為敵人太大意。既然已經知道奈奈緒擁有超出新人的實力，對方應該會把這點也考量進去。接下來才是真正的戰鬥。」

說著說著，雪拉看向敵隊最具威脅性的選手，那個在奈奈緒擊墜一人的期間，已經擊墜三名野雁選手的可怕魔女。

「最重要的是——對方也有無法用常識衡量的王牌選手。」

「……抱、抱歉，艾希伯里……」

一名男學生一與敵人拉開距離和隊友們會合，就立刻道歉。這是因為他們三個人一起上還無法擊墜新人，甚至反而讓一個同伴被擊墜。

「我本來是很想叫你們快點摔下去死掉重來……」

艾希伯里無情地說完後，嘴角露出與態度相反的笑容。比起同伴的失誤，她明顯更在意其他的事情。

「但那女孩意外地還不錯——喪家犬們，這場比賽交給你們了，我去找她玩一下。」

丟下這句話後，艾希伯里脫離集團往前飛。雖然這是無視作戰的個人秀，但隊友們都沒有抱怨。藍燕的王牌選手就是這樣的存在。

短短十幾秒後，艾希伯里就飛到目標對手的側面與她並行，向那個學妹搭話。

「——妳好，Ms.響谷，妳看起來玩得很開心呢。」

「艾希伯里大人。」

「謝謝妳剛才幫忙教訓了我們隊上的笨蛋，我是過來回禮的。」

艾希伯里舉起擊棍說道。順著前進方向來看，艾希伯里在右側，奈奈緒在左側。兩人都是右撇子，所以這個位置關係，對能用右手在中間發動攻擊的奈奈緒有利。

「我把比較有利的那側讓給妳。放心，我的隊友們不會過來打擾。」

「意思是要單挑吧——那在下就恭敬不如從命了！」

奈奈緒開心地接受邀約，兩人就這樣在空中展開激戰。

「響谷選手接受挑釁，開始進攻了！這實在太驚人了！備受期待的新人居然要和校內的頂尖選手單挑！」

「考慮到雙方的性格，會有這樣的發展也很正常。受不了，這又不是個人戰。」

海吉斯傻眼地吐槽，但馬上又像是看穿什麼般嘆了口氣。

「……有點可惜呢，我本來還想再看Ｍｓ．響谷飛久一點。」

海吉斯關掉魔杖的擴音魔法輕聲低喃，因此只有在一旁負責播報的學生有聽見這句話。他立刻跟著關掉擴音魔法詢問：

「——老師，你的意思是？」

「雙方的才能或許不相上下，但競技方面的經驗與純度還是有差。」

海吉斯以堅定的語氣說道。他那雙長期觀察過藍燕王牌的眼睛，斷定接下來的發展已經不可能改變。

「只要騎上掃帚就比任何人快，比任何人強。黛安娜．艾希伯里就是為此而生，為此而活的魔法師……Ｍｓ．響谷接下來將親身領悟到這一點。」

「喝啊啊啊啊啊——！」

奈奈緒氣勢十足地發動攻擊。兩人像是要直接用身體互撞般近距離交鋒，然後彈開彼此。在這場彷彿能直接聽見彼此骨頭摩擦聲響的戰鬥中，艾希伯里的嘴角興奮地上揚。

「不錯嘛，我第一次看見這種劍術！不需要藏招，盡情披露吧！」

雖說和地上的劍術不同，但奈奈緒的攻勢依然十分凌厲。而這也更顯得能將這些攻擊悉數輕鬆擋下的艾希伯里的技術有多麼令人驚嘆。打從兩人開始用擊棍交手，她就一直在留有餘力的情況下，對奈奈緒手下留情。

「我沒想到妳這麼厲害！在並行時將妳擊墜實在太可惜了！」

艾希伯里在這時候突然加速，調整掃帚的角度一口氣飛向上空。奈奈緒立刻跟著提升高度緊追在後。藍燕的王牌感受著從背後傳來的存在感，開口宣告：

「跟上來吧——作為妳努力的獎賞，我讓妳見識一下魔法。」

奈奈緒應邀一同飛上高空。一百碼、五百碼、一千碼——即使已經飛得這麼高，兩人依然持續上升。別說是地上的觀眾，她們甚至遠離了同樣在空中飛行的隊友。但艾希伯里毫不介意，她繼續穿越雲層飛往更高處。

「……唔……！」

等高度超過四千碼時，緊追在後的奈奈緒察覺異變——她無法順利控制掃帚。飛得愈高，飛行就變得愈不穩定，維持速度需要的魔力也不斷增加。

這也是理所當然。因為高度愈高，大氣就愈稀薄，蘊含的魔素也會跟著變少。如果掃帚無法從空氣中獲得足夠的魔素，就只能靠消耗騎乘者的魔力來維持速度。

「……呼……！」

從奈奈緒嘴裡吐出的白色氣息拉出長長的軌跡。氣溫早就已經低於冰點，空氣的密度也不到地面的一半。這樣的環境對魔法師也算是十分嚴苛。再繼續上升會有生命危險，直覺告訴自己應該要立刻回頭。

但奈奈緒依然沒有停下。既然敵人仍在前方飛行，那她也不能回頭。奈奈緒並不是意氣用事，一旦放棄上升折返，敵人就會立即回頭攻擊。如果在下降時被人從背後攻擊，那後果不堪設想。

不過，如果繼續飛下去就不一樣了。這是在比耐力。超高度的飛行應該也讓敵人感到十分痛苦，無論是多厲害的掃帚騎手，都不可能永無止境地上升，在到達極限高度時一定得迴轉。而且一定是前方的艾希伯里會先面臨那個瞬間。

對奈奈緒來說，這是唯一的勝算。她打算看穿對手迴轉的瞬間介入下降的路線，從側面給予全力一擊。考慮到對手在飛往極限高度的過程中產生的消耗，這一招很有可能會成功。

「——呼——」

但艾希伯里當然也清楚背後的少女在打什麼算盤。她在知道的情況下，做出了超出奈奈緒意料的行動。

「──『去吧』。」

伴隨著這句話，艾希伯里把腳抽離馬鐙……現在高度已經超過八千碼，離地面的距離已經遠到連鳥都無法飛行。

但魔女居然「放開了掃帚」。

「──？」

抬頭看見的敵人身影分成兩個部分。奈奈緒驚訝地看著這個理應不可能發生的光景。獨自投身天際的艾希伯里，趁著飛行慣性消失前的幾秒調整姿勢，她反轉身體俯瞰地面，與從正下方逼近的奈奈緒正面對上眼。

這段期間，她放開的掃帚仍在繼續爬升。在艾希伯里注入的魔力消耗殆盡前的幾秒鐘，牠以和載人時完全無法相比的輕盈動作飛向天空，獲得更快的速度。在充分加速完後，牠總算開始下降，回到正在墜落的主人手邊。

「奈奈緒‧響谷，這就是艾希伯里的魔法。」

掃帚重新滑進艾希伯里的胯下，她的雙腿也流暢地收進馬鐙。原本兵分兩路的掃帚和騎手再次會合──但這時候雙方都已經「加速完畢」。以正常轉彎絕對無法獲得的速度完成迴轉後，魔女在做好萬全準備的狀態下與敵人對峙。現在無論是速度或位置關係，都是奈奈緒壓倒性地不利。

魔技・艾希伯里迴旋。在掃帚競技的歷史當中，至今仍未有人能打破這個空中的惡夢。

「──墜落吧。」

兩個人影在天空重疊，魔女在這一瞬間使出最後一擊。在接近感動的戰慄當中，奈奈緒握緊自己的擊棍迎擊──

──地上的觀眾隔了好一會兒才看見結果。

「──啊啊……！」

「──奈奈緒！」

卡蒂用手摀著嘴巴，雪拉呼喚朋友的名字，凱和皮特則是連聲音都發不出來。

少女穿越雲層，從遙遠的高空墜落。在這段彷彿被拉長的時間當中，四人只能束手無策地看著這一幕。

「……唔……」

在寒冷的空氣中墜落的感覺瞬間消失，取而代之的是被輕輕接住的觸感。那股溫柔的暖意，讓短暫失去意識的奈奈緒恢復清醒──眼前有個熟悉的少年正凝視著她。

「……奧利佛……」

奈奈緒張著嘴輕聲呼喊那個名字。少年溫柔地微笑。

「……妳很努力了。有哪裡會痛嗎？會不會覺得頭痛或想吐？」

花了幾秒確認後，奈奈緒搖頭回應，手腳的感覺也在這段期間逐漸恢復。察覺這點的奧利佛，輕輕讓她站上地面。少女已經能夠穩穩地站立了。

「如果沒事，就去場外吧——奈奈緒，今天是妳輸了。」

少年說完後，將手放在她的肩膀上。經過漫長的沉默，東方少女遠眺自己剛才戰鬥的戰場，輕輕點頭回答：

「……真是輸得乾淨徹底——對手真的很厲害呢。」

「啊啊啊——響谷選手墜落了！自出道戰以來首次敗北！即使是無法用常識衡量的新人，也無法對抗那招魔技嗎！防護員Mr.霍恩溫柔地接住她的身體，將她送到了場外！可怕的黛安娜．艾希伯里！可怕的艾希伯里迴旋！究竟有誰能夠破解那一招呢！」

「別誇獎她啦。雖然那招確實厲害，但觀眾根本看不見。」

海吉斯冷靜地吐槽。他看向過了一段時間才從超高空返回競技場上空的艾希伯里，不滿地說道：

「唉，那算是她的大贈送吧。艾希伯里就算正常戰鬥也會贏，但她還是刻意用那招擊落對手。這就表示Ｍｓ．響谷的飛行表現有讓她這麼做的價值……以青年組的第一戰來說，這結果已經算是非常好了。」

「完全同意！各位，雖然比賽尚未結束，但請給Ｍｓ．響谷盛大的掌聲！請妳將這次的敗北轉換成動力，在下一場比賽展現出更強的實力迷倒我們吧啊啊啊！」

雖然奈奈緒和艾希伯里都做出了精湛的表現，但比賽的狀況還是一直持平，當天最後是由藍燕以一分之差贏得比賽。

「啊～輸掉了！」「可惡！要是能再多擊墜一個人！」

野雁的成員們在以些微差距落敗後返回休息室。早一步回到那裡休息的奈奈緒，低頭向懊悔的成員們道歉：

「在下後半戰完全幫不上忙。對不起，各位。」

「？妳在說什麼啊，奈奈緒有擊墜一個人吧。」

「而且第一次參加青年組的比賽就跟艾希伯里單挑，把氣氛都炒起來了。」

雖然奈奈緒為自己的實力不足道歉，但反過來獲得了誇獎。此時隊長緩緩來到一臉意外的奈奈緒面前。

「這又不是戰爭。雖然比賽的勝負很重要，但讓觀眾看得開心也很重要。」

「主將大人。」

「就這層意義來看，妳已經充分回應了我們的期待。奈奈緒，妳不用沮喪。不如說挑戰艾希伯里並被她擊墜，在掃帚選手中算是一種名譽呢。」

隊長笑著說道。一直坐在奈奈緒旁邊的奧利佛等不及似的開口：

「……雖然是個很強的對手，但我覺得妳還是有勝算。奈奈緒，妳下次也加入大家的陣形吧。我們之後再找機會研擬戰術……」

「啊，霍恩靜靜地燃起鬥志了。」

「畢竟老婆被人擊墜了，這樣當然會燃起鬥志。」

「他今天接人的方式特別溫柔，所以深受好評呢。」

「畢竟老婆被人擊墜了，這樣當然會溫柔地接。」

「……那個，你們可以認真一點嗎？」

這些玩笑話，讓奧利佛立刻板起了臉。隊長笑著拍了一下他的肩膀，重新轉向隊友。沒錯，即使比賽輸了，他們今天的任務也還沒結束。

「霍恩說的沒錯，接下來要開檢討會。這次已經讓奈奈緒感受了青年組的氣氛，下次我們要整隊一起以萬全的態勢迎接比賽。

首先是比賽整體的印象。這次感覺有點急於進攻——」

「……嗚嗚……」「……咿咿咿……」

同一時間，在藍燕的休息室，一男一女的兩名選手連坐都不敢坐，像正在等待受刑的罪人般不斷顫抖。

「……？那兩個人到底在怕什麼？」

「在等著被艾希伯里處罰吧。畢竟一個被響谷選手擊落，另一個則是差點被擊落。」

隊友們以帶著理解和憐憫的視線看向兩人。此時一名隊友回到房間，對害怕被惡鬼般的王牌選手斥責的兩人說道：

「你們兩個放心吧，艾希伯里已經先離開了。」

「——啊？」「咦……？」

「她蹺掉檢討會，連衣服都沒換就開心地騎著掃帚出遠門了。託那個新人的福，今天這場比賽似乎讓她玩得很開心，看起來連你們的失敗都忘了。」

選手受不了似的聳肩，兩個等待處罰的選手瞬間癱坐在地。

「……得救了……！」「謝謝妳，響谷選手……太感謝了……！」

「怎麼會有人對敵人道謝……唉，雖然我能體會你們的心情。」

同伴苦笑著表示理解。無論比賽結果如何，總之他們一定會受到王牌選手的心情影響。藍燕就是這樣的隊伍。

「奈奈緒、奧利佛，辛苦你們了！是場很棒的比賽呢！」

「好可惜喔！要是再多擊墜一個人，就能進入延長賽了！」

奧利佛和奈奈緒參加完檢討會離開休息室後，卡蒂等四人已經在那裡溫暖地迎接他們。東方少女朝朋友們笑道：

「敵人很強，是在下修行不足。為了下次能夠取勝，在下要努力磨練自己。」

「就是這股幹勁。奈奈緒，妳一定還會再變強。」

雪拉堅定地說完後，將手搭在少女的肩膀上。奧利佛微笑著開口：

「如果你們願意陪我們檢討，可以幫忙先去餐廳占個位子嗎？我和奈奈緒換完衣服就過去。」

「知道了，你們要快點來喔。」

皮特立刻答應，率先踏出腳步，其他三人也跟著離開。奈奈緒看著朋友們消失在走廊上的背影，輕聲嘟囔：

「大家都好溫柔，在下明明輸掉了。」

奈奈緒的聲音聽起來十分消沉。奧利佛默默站在她的身邊，少女用力握緊拳頭繼續說道：

「不僅輸掉了……還毫無反抗的餘地……」

打從進入金伯利就讀以來，奧利佛第一次看見她如此不甘心。他繞到奈奈緒的正面，用雙手抓住她的肩膀，少年早就已經想好這種時候該對她說什麼。

「這和比賽的勝負無關。奈奈緒，是因為妳平安無事。」

作為少女的防護員，以及作為少女的朋友，奧利佛坦率說出心裡的想法。

「妳沒有魯莽地亂飛，好好墜落到我的上方。身上也沒有受任何重傷……光是這樣，對我來說就是滿分了。」

「──────」

奈奈緒沒有回應，只是緊盯著少年的臉。在沒有其他人的走廊上經過了一段漫長的沉默──少女總算輕聲開口：

「──既然如此……」

「？」

「奧利佛，獲得滿分難道沒有獎勵嗎？」

少女一臉認真地提出要求。少年稍微思考了一會兒，在輕輕咳了一聲後，下定決心用雙手環抱奈奈緒……惹香的後遺症已經痊癒，但奧利佛還是感覺到自己的心跳變快，並努力克制自己。

「……這樣可以嗎？」

「……嘿嘿嘿。」

奈奈緒也露出撒嬌般的笑容回抱奧利佛。兩人用全身感受彼此的體溫。他們非常享受這個感覺，甚至到了捨不得離開彼此的程度。

「……再一下就好。」

「…………」

等回過神時，兩人已經完全錯失分開的時機。最後兩人就這樣默默地抱了超過十分鐘。

吃晚餐時，他們熱烈地討論比賽的話題，直到深夜才返回宿舍。奧利佛將看書看到一半睡著的皮特抱回床上，替他蓋上被子。

「……晚安，皮特。」

他摸著朋友的頭輕聲說道。確認朋友睡著後，奧利佛立刻離開房間。他走出宿舍，前往夜晚的校舍。

這個時間，校舍和迷宮的界線已經因為「侵蝕」變得模糊。奧利佛快速找了個入口進入第一層——只要置身於迷宮陰暗的通道，他就會不得不繃緊神經。

「稍微遲到了……得快一點。」

奧利佛拿出懷錶確認時間，加快腳步。這時他像是突然想起什麼般將注意力移向懷裡的面具。雖然他本來打算等和同伴會合後再戴，但考慮到路上被人目擊的風險，或許早點戴上去比較好。

「……這裡應該沒問題吧。」

奧利佛在路上找了個死角躲進去，將手伸進懷裡，就在他準備拿出面具時——

「……嗯啊……奧利佛……？」

背後突然傳來聲音，讓他的心跳瞬間加速。奧利佛迅速轉身，然後發現一個熟悉的高個子少年全身裹著睡袋，躺在自己設置的簡易結界裡。

「——凱？你怎麼會在這裡……！」

「……喔，真的是奧利佛啊……在接受凱文學長的指導後，我已經習慣在迷宮裡露營了……你剛才是不是藏了什麼……？」

凱揉著眼睛說明。察覺自己剛才的行動被看見後，奧利佛立刻將懷裡的手從面具移動到另一樣東西，掏出餅乾。

「……我正打算吃點東西呢，你也要吃嗎？」

「啊……不用了……我好睏……痛痛痛……」

凱說完後準備重新就寢，但奧利佛察覺他翻身的動作不太自然，立刻在朋友身邊蹲下。

「——等等，凱，你的背借我看一下。」

「啊……？」

朋友睡眼惺忪地將臉轉過來，奧利佛幾乎是硬將他身上的睡袋拉開，脫掉他上半身的衣服後，露出充滿割傷和擦傷的身軀，奧利佛見狀驚訝地睜大眼睛。

「……這是怎麼回事！為什麼只塗藥膏，不做治療……！」

「啊……沒辦法，我還不會用治癒魔法。以我現在的實力，還不能毫髮無傷地潛入第二層。」

「那就應該要避免單獨行動！你先別動，我幫你治療！」

奧利佛立刻開始治療，他責備朋友的魯莽，用力嘆了口氣。

「……真是的……你也好，皮特也好……卡蒂則是原本就那樣……如果只是培養了膽識倒還好，但這次太勉強了。明明現在都還沒發生什麼大事……」

「等發生以後就來不及了。如果不從平常開始鍛鍊，關鍵時刻一定什麼都做不到。」

凱繼續背向奧利佛接受治療，同時用僵硬的聲音說道：

「自己實際潛入第二層後，我總算明白你們經歷了什麼樣的危險，還有能夠所有人平安無事地回來是多麼厲害的事情。同時……也明白自己的實力究竟有多弱。」

「…………」

「慢慢來根本追不上你們。既然如此，就只能在不會死的範圍內勉強自己……下次……」

凱用力抱住奧利佛的脖子，他就這樣抱著朋友，激動地說道：

「……下次我絕對不會只讓你們去……！」

這個念頭，是目前支撐他的最大動力。從抱住自己的手臂傳來的力量，讓奧利佛深刻體會到對方的心情。於是少年微笑著低喃：

「……凱，你身上有點汗臭味。」

「囉唆，都是男人，幹嘛在意這種事情。」

「……說得也是，我也不討厭汗的味道。」

少年點頭回答，然後輕輕鬆開對方的手臂，靜靜起身。

「不好意思打擾你睡覺……但如果要露營，最好在稍遠處設置警報用的魔法陣，還有，上課別遲到了。」

「喔～了解。雖然麻煩，但我會重新畫一個……」

高個子少年接受朋友的忠告，開始重畫魔法陣。奧利佛在離開的同時，回想起自己剛才居然大意到沒察覺凱的氣息，這讓他悔恨地想著——振作一點，這可不是一句「不小心犯錯了」就能解決的問題。

與凱道別後又繼續走了約一個小時的奧利佛，來到一間位於路邊的小屋。那是事前指示的集合場所。不出所料，同志們都已經先在那裡待命了。

「——喔，陛下，你來啦。」

包含格溫、夏儂和泰蕾莎在內，這裡總共有六個人，其中一個之前也有參加集會的七年級女學生輕鬆地向他打招呼，但接著就立刻不客氣地打量他的全身。

「你看起來沒什麼精神，這樣沒問題嗎？今天大概要忙到早上，對二年級生來說是趟滿吃力的行程。」

女學生率直地問道，這句話同時包含了對學弟的關心與輕視。儘管有察覺到這點，奧利佛仍輕輕搖頭回應，沒有特別反駁。某種程度來說，現在會被高年級的同志輕視也是無可奈何的事情。這種印象，只能等之後透過展現實力改變。

「諾爾……」

夏儂純粹基於體貼看向奧利佛，但後者不允許自己依賴這份溫柔。奧利佛在心裡反覆提醒自己——他現在的身分不是她的弟弟，而是她的主君。

訓誡完自己後，奧利佛從懷裡掏出面具戴上。他站到這群人的前方，背對眾人宣告：

「走吧——首先是挑選戰場。」

同志們跟上少年的腳步，一群人在離開小屋後，消失在迷宮的黑暗當中。沒有任何一個人猶豫——即使在不遠的未來，自己將會被那片黑暗吞噬也一樣。

〈完〉

後記

大家好，我是宇野朴人……金伯利的第二年就這樣開幕了。

看在高年級生的眼裡，二年級生都還只是不成熟的小屁孩。即使如此，在有了學弟妹後，他們也不得不改變自己的心態。他們應該會將新生脆弱的身影與去年的自己重疊，然後逐漸培養出作為學長姊的自覺吧。

當然，前提是他們能夠平安地活下來。如果作為魔法師的覺悟與實力跟不上自己的年級，那之後就只能等著被黑暗吞噬。

再次戴上面具的少年，已經無法再當個普通的二年級生。

他將率領同志討伐其中一位魔人——背負著無數軼聞的狂老，當代第一的魔道建築者。

您之後也將會明白。他們必須跨越的障壁，其實高到看不見盡頭。

魔導具師妲莉亞永不妥協
～從今天開始的自由職人生活～　1~2 待續

作者：甘岸久弥　插畫：景

不再妥協的異世界職人喜劇，第二集揭幕！
轉生的女魔導具師運用前世知識驚豔全場！

魔導具師妲莉亞被悔婚後，決定隨心所欲地過活。隨興製作物品的她某天聽聞魔物討伐部隊的騎士沃爾弗提到部隊的共同煩惱：去沼澤地遠征時，鞋內溼到令人鬱悶。妲莉亞將五趾襪與改良鞋墊送給他，不料這些應用前世知識的物品竟讓他的隊友大為震撼！

各 **NT$240/HK$80**

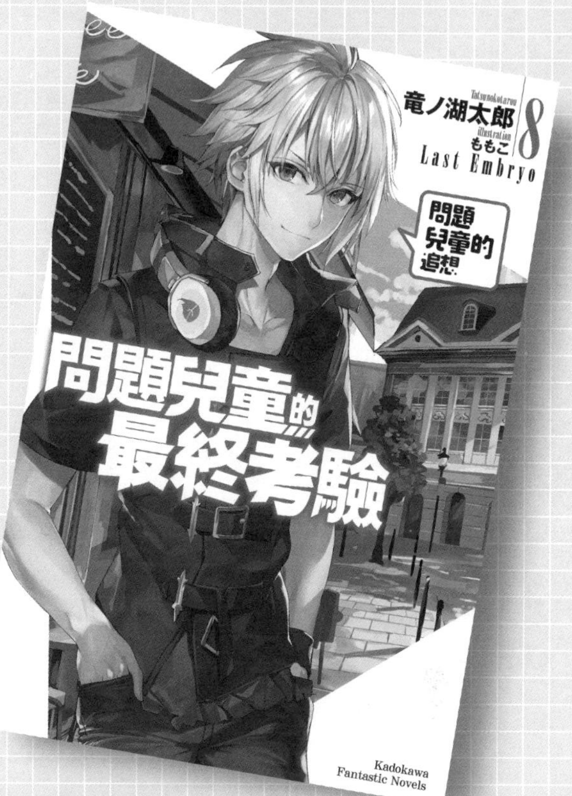

問題兒童的最終考驗 1~8 待續

作者：竜ノ湖太郎　插畫：ももこ

各自的紛亂時光☆問題兒童的過往追憶！
過去的追憶與宣告新篇的開始！

「問題兒童」一行成功戰勝了第二次太陽主權戰爭的第一戰——亞特蘭提斯大陸上的激鬥。像這種三人齊聚的平穩時間已經相隔三年——在這段期間中，眾人各自經歷了紛亂的日子。彼此交心的短暫休息時間過後，以箱庭的外界作為舞台的第二戰即將揭幕！

各 **NT$180~220/HK$55~75**

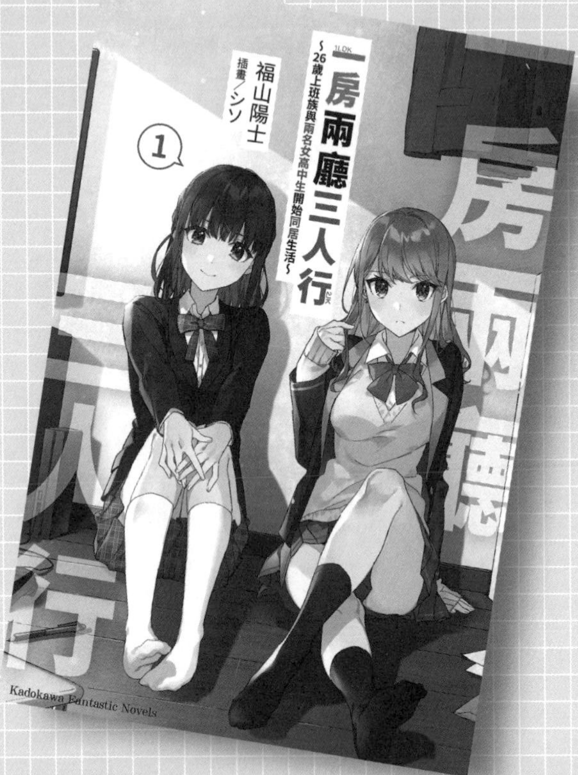

一房兩廳三人行 1 待續

作者：福山陽士　插畫：シソ

單身上班族奇妙的同居生活突然展開。
與兩名JK共譜溫馨的居家戀愛喜劇。

由於父親託付，單身上班族駒村必須暫時照顧過去關係疏遠的表妹——打扮時髦的女高中生奏音。為生活急遽改變傷腦筋的駒村在下班途中遇見了離家出走而無處可去的女高中生陽葵，沒想到她竟然也硬是住進了駒村家中——

NT$220/HK$73

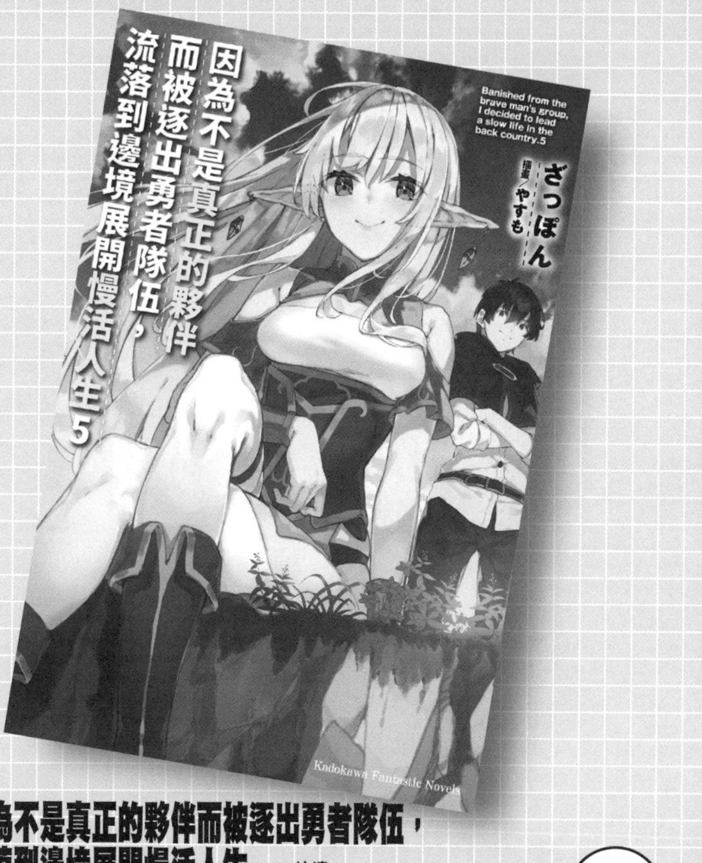

14歲與插畫家 1~5 待續

作者：むらさきゆきや　插畫、企畫：溝口ケージ

被理想、現實還有欲望耍得團團轉！
插畫家們最真實的日常生活第五集登場！

在白砂的提議之下，悠斗等人決定前往南島度假。為期三天兩夜，享受大都市沒有的自然美景和美食。在游泳池和茄子小姐游泳、在白砂的老家享用魚料理，又在深夜和瑪莉討論工作！乃乃香則是和牛嬉戲，享受混浴露天溫泉。

各 **NT$180~200/HK$55~67**

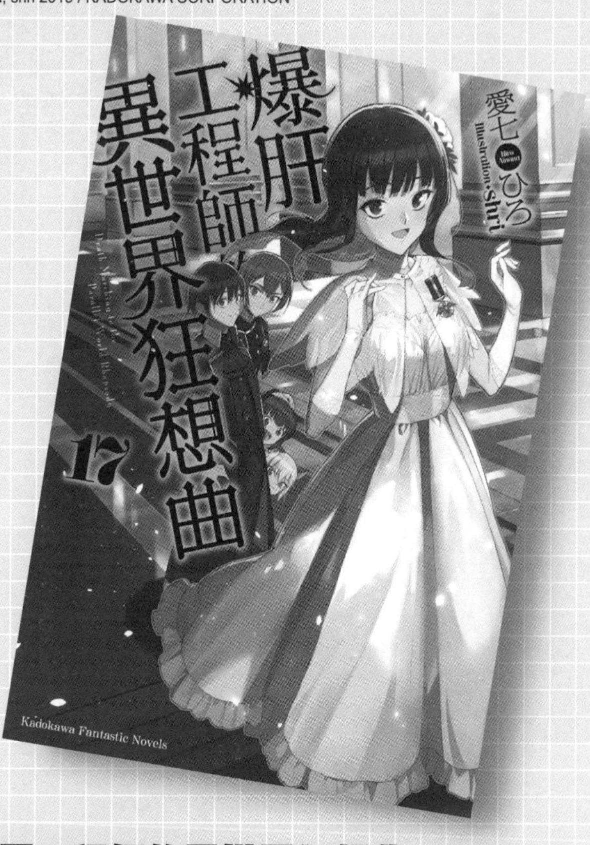

爆肝工程師的異世界狂想曲 1~17 待續

作者：愛七ひろ　插畫：shri

為了阻止將整座王都捲入的陰謀——
勇者無名出動了!?

佐藤一行人在迷宮都市討伐「樓層之主」的功績受到表揚，在王都接受了授勳。緊接著他們從公主口中得知，作為王都象徵的王櫻尚未綻放一事。佐藤與夥伴們在王都觀光的同時進行調查，卻發現這件事似乎與在迷宮都市也造成問題的魔人藥有關……？

各 **NT$220~280/HK$68~93**

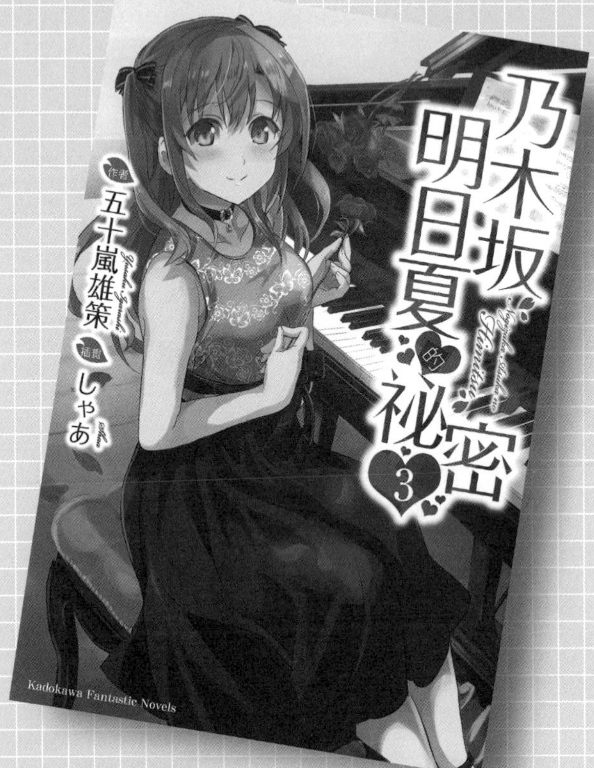

乃木坂明日夏的祕密 1~3 待續

作者：五十嵐雄策　插畫：しゃあ

過去、現在與未來交織！
迎接大轉換的次世代神祕愛情喜劇第三集！

為了回收「夏日旗幟」，我們參加了夏日祭典，也去了海邊玩耍，過著一波未平一波又起的每一天。但那不過是近逼慘劇的小小序曲……當「他」與「她」終於降臨的時刻，明日夏所下達，與「秋葉原系」有關的決定是——

各 **NT$220~250/HK$73~83**

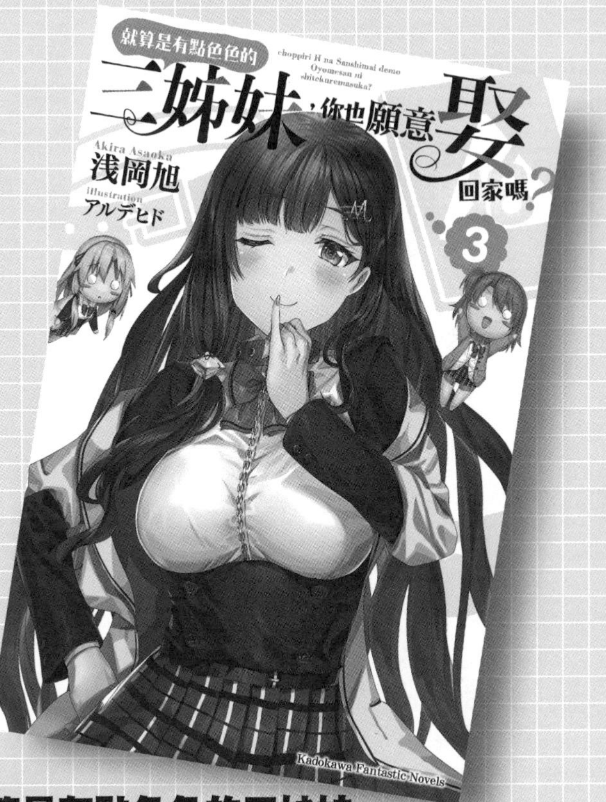

就算是有點色色的三姊妹，你也願意娶回家嗎？ 1～3 待續

作者：浅岡旭　插畫：アルデヒド

「忙碌的生活……真是舒爽～!!」
居然被要求在學校進行散步PLAY和緊縛PLAY!?

最近三姊妹有點不太對勁。不，雖然原本就很不正常。旅行結束後，花鈴比以前更愛光著身子黏過來；月乃儘管還是動不動就發情，對我的態度卻非常冷淡。雪音小姐則為了準備即將到來的校慶而疲累不堪，使得她超級被虐狂的本性在學校瀕臨失控邊緣!?

各 **NT$220/HK$73**

史上最強大魔王轉生為村民A 1~5 待續

Kadokawa Fantastic Novels

作者：下等妙人　插畫：水野早桜

亞德將與自己所留下的過往遺恨對峙！
「前魔王」的校園英雄奇幻劇第五集！

亞德與伊莉娜受到女王羅莎的召集，一同擔任女王的護衛參加五大國會議，造訪宗教國家美加特留姆。然而，他們遇見了過去位居魔王部下最高階的武人，當上教宗的前四天王之一——萊薩。他繼承「魔王」的遺志，企圖透過洗腦來達成世界和平……！

各 NT$220~240/HK$73~80

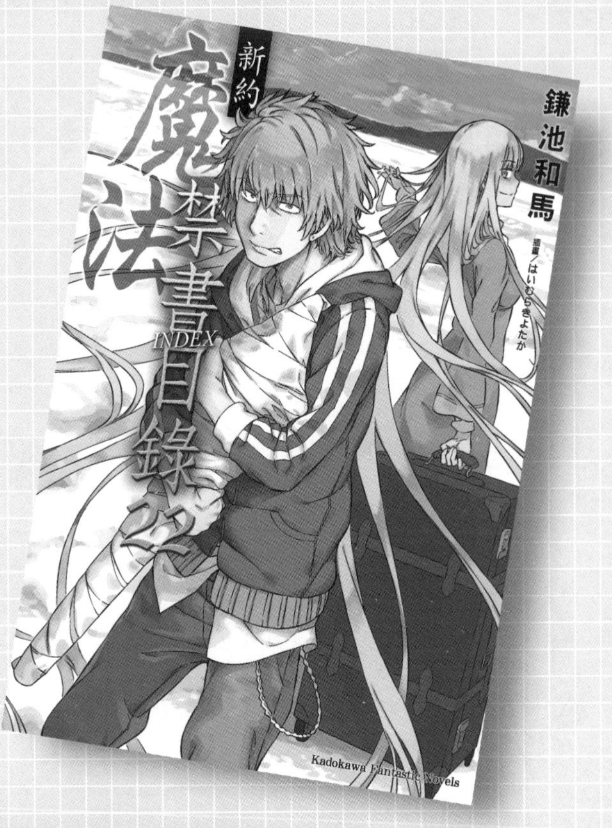

新約魔法禁書目錄 1~22 待續

Kadokawa Fantastic Novels

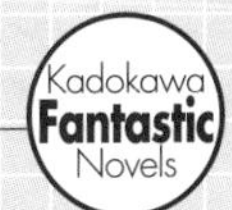

作者：鎌池和馬　插畫：はいむらきよたか

世界的命運託付在三位主角身上
《新約》一切交叉的時刻，最大的決戰即將開始！

亞雷斯塔倒在凶刃之下。上条當麻和一方通行為了對抗惡魔挺身而出……以蘇格蘭為中心的世界崩毀逼近時，美琴和食蜂所見的衝突結果出乎意料！另一方面，濱面仕上為了拯救消失的狄翁・弗瓊，貨真價實的「無能力者」兼無法預測的搗亂者採取行動。

各 **NT$180~300/HK$55~100**

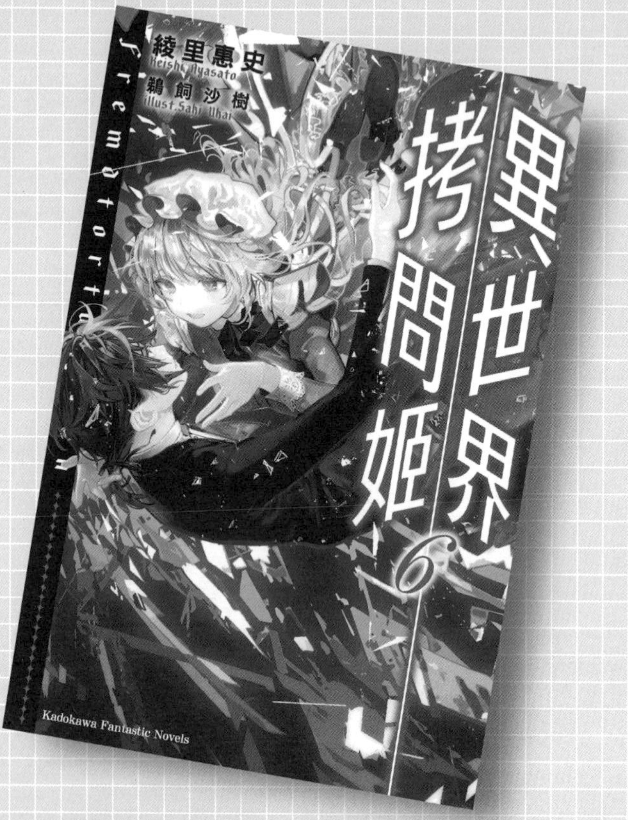

異世界拷問姬 1~6 待續

作者：綾里惠史　插畫：鵜飼沙樹

這不是戀愛故事，
而是憧憬與愚昧行為、還有幸福的愛之物語。

「拷問姬」被神與惡魔囚禁，因此櫂人以代理者之姿掌握了人類、獸人與亞人聯合召開的會議，三種族聯合防衛戰線也在他的麾下開始運作。然而隨從兵對各地的侵襲隨著不斷重複而越發激烈，化為悽慘地獄的世界將殘酷的選擇硬生生地擺到櫂人面前……

各 **NT$200/HK$60~67**

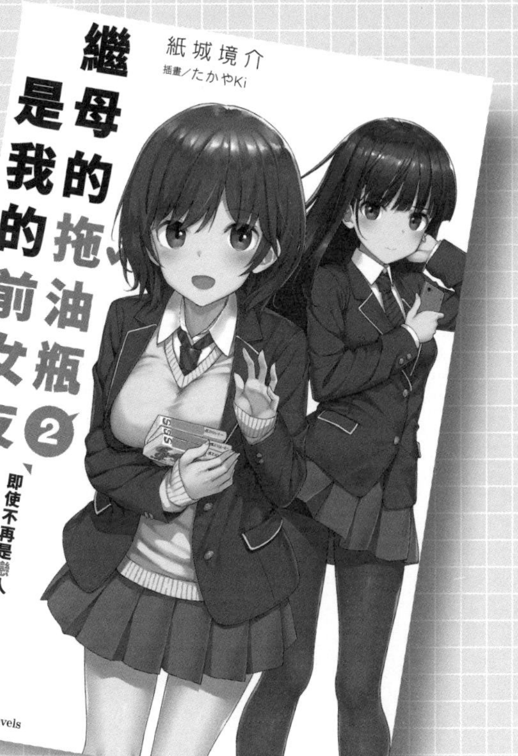

繼母的拖油瓶是我的前女友 1~2 待續

作者：紙城境介　插畫：たかやKi

「分手情侶」變成「兄弟姊妹」？
甜蜜卻又讓人焦急喊救命的戀愛喜劇！

水斗遇見了邊緣系御宅少女東頭伊佐奈，兩人意氣相投，發展成在圖書室共度放學後時光的關係？兩人超越友情的距離感讓結女焦慮不安。當伊佐奈察覺到自己對水斗的愛意時，結女還得以「水斗的繼姊」身分支持她？複雜交錯的「水斗攻略作戰」即將開始！

各 **NT$220/HK$73**

國家圖書館出版品預行編目資料

七魔劍支配天下/宇野朴人作；李文軒譯. -- 初版. --
臺北市：臺灣角川股份有限公司, 2021.05-
冊；　公分. -- (Kadokawa fantastic novels)
譯自：七つの魔剣が支配する
ISBN 978-986-524-415-6(第3冊：平裝). --
ISBN 978-986-524-416-3(第4冊：平裝)

861.57　　110003666

Kadokawa Fantastic Novels

七魔劍支配天下 4

（原著名：七つの魔剣が支配する 4）

2021年5月24日　初版第1刷發行
2023年6月30日　初版第2刷發行

作　者：宇野朴人
插　畫：ミユキルリア
譯　者：李文軒

發 行 人：岩崎剛人
總 編 輯：蔡佩芬
編　　輯：黎夢萍
美術設計：黃永漢
印　　務：李明修（主任）、張加恩（主任）、張凱棋

發 行 所：台灣角川股份有限公司
地　　址：104台北市中山區松江路223號3樓
電　　話：（02）2515-3000
傳　　真：（02）2515-0033
網　　址：www.kadokawa.com.tw
劃撥帳戶：台灣角川股份有限公司
劃撥帳號：19487412
法律顧問：有澤法律事務所
製　　版：巨茂科技印刷有限公司
ＩＳＢＮ：978-986-524-416-3

NANATSU NO MAKEN GA SHIHAISURU Vol.4

Edited by 電撃文庫
First published in Japan in 2019 by KADOKAWA CORPORATION, Tokyo.
Complex Chinese translation rights arranged with KADOKAWA CORPORATION, Tokyo.